JONATHAN SWIFT

AS VIAGENS DE
GULIVER

COPYRIGHT © FARO EDITORIAL, 2023
COPYRIGHT © JONATHAN SWIFT (1667 - 1745) — DOMÍNIO PÚBLICO

Todos os direitos reservados.
Nenhuma parte deste livro pode ser reproduzida sob quaisquer meios existentes sem autorização por escrito do editor.
Versão de domínio público adaptada por Cruz Teixeira.

Diretor editorial **PEDRO ALMEIDA**
Coordenação editorial **CARLA SACRATO**
Assistente editorial **LETÍCIA CANEVER**
Preparação **ANA CAROLINA SALINAS E DANIELA TOLEDO**
Revisão **CRIS NEGRÃO E MARINA MONTREZOL**
Capa e diagramação **REBECCA BARBOZA**
Ilustrações de miolo **MACROVECTOR, BRGFXI | FREEPIK**

Dados Internacionais de Catalogação na Publicação (CIP)
Jéssica de Oliveira Molinari CRB-8/9852

Swift, Jonathan
  As viagens de Guliver / Jonathan Swift ; tradução de Cruz Teixeira.
-- São Paulo : Faro Editorial, 2023.
  128 p.

   ISBN 978-65-5957-261-8
   Título original: Gulliver's Travels

   1. Literatura infantojuvenil inglesa I. Título II. Teixeira, Cruz

22-6917   CDD 028.5

Índices para catálogo sistemático:
1. Literatura infantojuvenil inglesa

1ª edição brasileira: 2023
Direitos de edição em língua portuguesa, para o Brasil, adquiridos por FARO EDITORIAL.

Avenida Andrômeda, 885 — Sala 310
Alphaville — Barueri — SP — Brasil
CEP: 06473-000
www.faroeditorial.com.br

JONATHAN SWIFT

AS VIAGENS DE GULIVER

TRADUÇÃO:
Cruz Teixeira

EDIÇÃO REVISTA E ATUALIZADA

SUMÁRIO

PRIMEIRA PARTE – VIAGEM A LILIPUTE 6

CAPÍTULO 1 7
CAPÍTULO 2 12
CAPÍTULO 3 15
CAPÍTULO 4 18
CAPÍTULO 5 22
CAPÍTULO 6 26
CAPÍTULO 7 29
CAPÍTULO 8 33

SEGUNDA PARTE – VIAGEM A BROBDINGNAG 38

CAPÍTULO 9 39
CAPÍTULO 10 46
CAPÍTULO 11 50
CAPÍTULO 12 57
CAPÍTULO 13 60
CAPÍTULO 14 63

TERCEIRA PARTE - VIAGEM A LAPÚCIA, A BALNIBARBO, A LUGGNAGG, A GLUBBDUDRIB E AO JAPÃO 71

    CAPÍTULO 15 72
    CAPÍTULO 16 75
    CAPÍTULO 17 78
    CAPÍTULO 18 79
    CAPÍTULO 19 82
    CAPÍTULO 20 83
    CAPÍTULO 21 86
    CAPÍTULO 22 88
    CAPÍTULO 23 92

QUARTA PARTE - VIAGEM AO PAÍS DOS HOUYHNHNMS 95

    CAPÍTULO 24 96
    CAPÍTULO 25 100
    CAPÍTULO 26 103
    CAPÍTULO 27 107
    CAPÍTULO 28 110
    CAPÍTULO 29 113
    CAPÍTULO 30 115
    CAPÍTULO 31 116
    CAPÍTULO 32 120
    CAPÍTULO 33 125

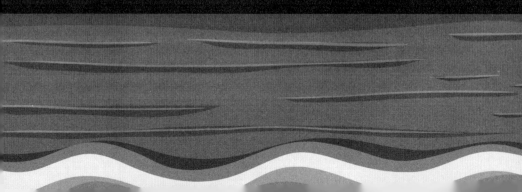

Primeira Parte

Viagem a Lilipute

Meu pai tinha uma pequena propriedade na província de Nottingham; de cinco filhos, eu era o terceiro. Quando fiz quatorze anos, ele me mandou para o colégio Emanuel, em Cambridge, onde fiquei por três anos e me dediquei aos estudos. Porém, como os estudos eram muito caros, precisei trabalhar como aprendiz na casa do senhor James Bates, um famoso cirurgião de Londres, onde fiquei até os vinte e um anos. Meu pai, ocasionalmente, me enviava um pouco de dinheiro, que investi em cursos de navegação e outros ramos da matemática aos que desejam viajar pelo mar, pois acreditava que esse seria o meu futuro.

Deixando a companhia do senhor Bates, voltei à casa de meu pai e, com o auxílio dele, do meu tio John e de outros parentes, consegui quarenta libras por ano para me manter em Leyde, onde estudei medicina durante dois anos e sete meses, convencido de que tal estudo, algum dia, seria útil nas minhas viagens.

Pouco tempo depois de retornar de Leyde, pela boa recomendação do meu excelente professor, o senhor Bates, consegui o emprego de cirurgião no navio *Andorinha*, no qual embarquei por três anos e meio, sob as ordens do comandante Abraham Panell. Nesse meio-tempo, viajei pelo Levante e proximidades.

Quando voltei, resolvi morar em Londres, incentivado pelo senhor Bates, que me recomendou aos seus clientes. Aluguei um apartamento no bairro Old Jewry e depois me casei com Mary Burton, segunda filha de Edmund Burton, negociante da rua de Newgate, que me trouxe quatrocentas libras de dote.

Mas, depois de dois anos, o meu querido professor, o senhor Bates, faleceu e, com a falta do meu protetor, a minha clientela começou a diminuir. Por essa razão, consultando minha esposa e algumas pessoas próximas, resolvi fazer uma nova viagem pelo mar.

Então, fui cirurgião em dois navios, e as diversas viagens que fiz durante seis anos às Índias Orientais e Ocidentais aumentaram um pouco a minha fortuna.

Investi meu tempo livre em ler os melhores autores antigos e modernos, levando sempre comigo um certo número de livros e, quando desembarcava, ficava entretido observando os costumes do povo e aprendendo a sua língua; algo com o qual tinha facilidade, em razão de minha boa memória.

Tendo sido um pouco infeliz em uma das minhas últimas viagens, me cansei do mar e decidi ficar em casa com minha esposa e filhos. Me mudei da casa de Old Jewry para outra em Fetter Lane e, de lá, para Wapping, na esperança de atender os marinheiros, mas isso não aconteceu.

Depois de esperar por três anos que os negócios melhorassem, aceitei uma ótima oferta do capitão William Prichard, que iria partir no *Antílope*, em viagem para o mar do Sul. Em 4 de maio de 1699, embarcamos em Bristol, e a nossa viagem foi, a princípio, muito bem-sucedida.

Não vou entediar o leitor com os detalhes das nossas aventuras por esses mares; basta dizer que, ao passarmos pelas Índias Orientais, fomos atingidos por um temporal tão violento que nos lançou para o noroeste da terra de Van Diemen. Notei que estávamos a trinta graus e dois minutos de latitude meridional. Em 5 de novembro, no começo do verão naqueles países, o tempo estava um pouco escuro, e os marinheiros avistaram uma rocha, afastada do navio apenas pelo comprimento de um cabo; o vento estava tão forte que fomos lançados diretamente contra ela. Eu e mais cinco companheiros saltamos para um bote e conseguimos nos livrar do navio e do rochedo. Assim, navegamos por quatorze quilômetros, até que o cansaço não nos deixou mais remar; completamente exaustos, deixamos as ondas nos levarem e depois de um tempo uma tempestade virou o bote.

Não sei o que aconteceu com meus companheiros, se conseguiram se salvar na costa marítima ou se ficaram no navio. Quanto a mim, nadei ao acaso e fui levado para a terra pelo vento e pela maré. De vez em quando, estendia as pernas para tentar encontrar o fundo; por fim, estando quase exausto, encontrei. Então, o temporal acalmou. Como a encosta era pequena, caminhei perto do mar antes que pusesse o pé em terra firme.

Andei um tempo sem avistar casas ou vestígios de habitantes, embora esse local fosse muito povoado. O cansaço e o calor tinham me dado sono. Me deitei sobre a grama, que era de uma extrema finura, e pouco tempo depois caí em sono profundo. Dormi por nove horas seguidas. Então, acordei, tentei me levantar, mas não consegui. Deitado de costas, percebi que meus braços e pernas estavam presos ao chão, assim como meu cabelo. Senti que vários cordões muito finos rodeavam o meu corpo, das axilas às coxas. Só podia olhar para cima; o sol começava a aquecer e a sua forte claridade machucou meus olhos. Ouvi um confuso rumor ao meu redor, mas na posição em que estava não conseguia olhar para os lados.

Logo senti alguma coisa se movendo sobre minha perna esquerda e avançando suavemente sobre meu peito e quase subindo no meu queixo. Fiquei espantado quando enxerguei uma figurinha humana que teria um pouco mais de quinze centímetros, empunhando um arco e uma flecha. Ao mesmo tempo, vi mais umas quarenta pessoas iguais. De repente, comecei a soltar gritos tão altos que todos fugiram aterrorizados; mais tarde soube que alguns caíram de cima do meu corpo e ficaram feridos. Apesar disso, voltaram pouco tempo depois, e um deles teve a ousadia de chegar tão perto que viu o meu rosto, levantou as mãos e os olhos com ar de admiração e, por fim, com a voz aguda, mas nítida, exclamou: *Hekinah Degul*, palavras que os outros repetiram muitas vezes, mas que não consegui entender.

Entretanto, me mantive admirado, inquieto e perturbado. O leitor, se colocando no meu lugar, verá que era de fato uma situação complicada.

Com a intenção de me libertar, tive a sorte de arrancar do chão as estacas que prendiam meu braço direito à terra e, me levantando um pouco, analisei a forma como tinham me mantido preso. Ao mesmo tempo, com um forte puxão, o que me causou dor, afrouxei um pouco os cordões que prendiam os fios de meu cabelo do lado direito.

Aquelas criaturas começaram a fugir, soltando gritos. Assim que os gritos cessaram, ouvi um deles exclamar: *Tolgo phonac!* e, em seguida, atingiram mais de cem flechas em minha mão, que me faziam cócegas. Depois atiraram uma nova saraivada para o ar; ainda que não as visse, algumas flechas caíram sobre o meu corpo e rosto, o qual eu tentava cobrir com a mão direita. Assim que terminou aquela chuva de flechas, novamente tentei me libertar; mas escutei outra saraivada, maior do que a primeira, enquanto outros tentavam me ferir com lanças; por sorte, eu vestia uma roupa impenetrável. Pensei que o melhor seria me manter quieto e naquela posição até a noite; quando levantasse o braço esquerdo, poderia me libertar por completo e, com respeito aos habitantes, eu tinha razões para crer que teria força o suficiente para lutar contra os mais poderosos exércitos que pudessem me atacar, desde que fossem do tamanho daqueles que eu vi até então.

9

Quando me viram tranquilo, deixaram de atirar flechas; mas compreendi que o número de pessoas aumentava e, do meu lado esquerdo, ouvi por mais de uma hora o ruído deles trabalhando. Por fim, voltando um pouco a cabeça para esse lado, vi uma extensão erguida a trinta e cinco centímetros do chão, onde poderiam caber quatro desses homenzinhos, e uma escada que dava acesso; um deles, que parecia ser uma pessoa de importância, veio até mim com um longo discurso, do qual não entendi uma única palavra. Antes de começar, exclamou três vezes: *Langro dehul san!* Essas palavras foram, em seguida, repetidas e explicadas por meio de sinais para que eu entendesse.

Depois, cinquenta homens avançaram e cortaram os cordões que seguravam a parte esquerda da minha cabeça, o que me permitiu mover livremente para a direita e observar o rosto e o gesto daquele que falava. Ele parecia ser de meia-idade e mais alto do que os três que o acompanhavam; um deles, que tinha o aspecto de pajem, segurava a cauda da beca enquanto os outros dois permaneciam de pé, ao lado, para o amparar. Parecia um bom orador e deduzi que misturava ameaças e promessas na sua fala. Respondi em sinais, mas de um modo submisso, erguendo a mão esquerda e direcionando para a boca, tentando explicar que eu estava faminto, pois já não comia havia algum tempo. A minha fome era tão grande que não pude deixar de demonstrar a minha impaciência, fazendo várias vezes o mesmo gesto para dar a entender que carecia de alimento.

O *hurgo* (é assim que eles declaram um nobre, como soube mais tarde) me compreendeu muito bem. Desceu da extensão e deu ordem para que encostassem muitas escadas por onde subiram mais de cem homens e se direcionaram para a minha boca, carregados de cestos cheios de carnes de diversos animais, mas não consegui identificar pelo sabor. Eram parecidas com as de carneiro e muito bem preparadas, mas menores do que as asas de um frango; engoli em porções de duas ou três, com seis pães. Me forneceram tudo isso, com grande espanto e admiração da minha altura e do meu admirável apetite.

Fiz um outro sinal para eles entenderem que faltava a bebida, calcularam, pela maneira que eu comia, que uma pequena quantidade não me satisfaria e, como eram um povo interessante, levantaram com muita agilidade um dos maiores barris com água que possuíam, trouxeram rolando até a minha mão e o destaparam. Bebi com grande prazer. Me trouxeram outro, da mesma forma, e fiz vários sinais para que me trouxessem mais alguns.

Quando terminei de beber, soltaram gritos de alegria e começaram a dançar, repetindo muitas vezes, como a princípio tinham feito: *Hekinah degul.*

Pouco depois, ouvi uma saudação com frequentes repetições das palavras: *Peplom selan* e percebi que do lado esquerdo muita gente estava afrouxando os cordões que me prendiam. Algum tempo antes, tinham cuidadosamente passado uma pomada de aroma agradável em meu rosto e nas mãos que, em pouquíssimo tempo, me curou de arranhões. Logo senti vontade de dormir; o sono durou oito horas seguidas.

Enquanto eu dormia, o imperador de Lilipute (o nome desse país) ordenou que me levassem aonde ele estava. Cinco mil carpinteiros e engenheiros trabalharam rapidamente para construir um veículo grande o suficiente que me coubesse. Assim que ficou pronto, o conduziram para o local em que eu estava.

A principal dificuldade estava em me levantar e me colocar naquele veículo. Para isso, apoiaram no chão oitenta varas de sessenta centímetros de altura; na ponta de cada uma delas tinha um pequeno mecanismo por onde passavam cordas mais grossas, com ganchos que se prendiam aos cintos que os operários haviam colocado em volta do meu corpo. Novecentos homens dos mais fortes foram designados para puxar as cordas e, dessa forma, em menos de três horas, fui levantado e colocado no veículo. Fiquei sabendo de tudo isso porque me contaram, pois, enquanto faziam aquela manobra, eu dormia profundamente. Quinhentos cavalos, dos maiores que existiam, foram atrelados ao veículo e o conduziram em direção à capital.

Já havia se passado quatro horas de viagem quando fui acordado de repente por um acidente ridículo. Os condutores tinham parado para comer, e três habitantes do país tiveram a curiosidade de observar o meu rosto enquanto eu dormia; subindo com cuidado até mim, um deles, capitão dos guardas, encostou a ponta da lança no meu nariz, o que me fez cócegas. Logo, acordei e precisei espirrar três vezes. Caminhamos durante o resto do dia e acampamos à noite, os quinhentos guardas ficavam preparados com arcos e flechas para atirar caso eu tentasse escapar.

No dia seguinte, ao nascer do sol, continuamos a nossa rota. Chegamos ao meio-dia e paramos a duzentos metros dos portões da cidade. O imperador e toda a corte saíram para nos ver; mas os oficiais não permitiram que Sua Majestade se arriscasse a subir em meu corpo, como muitos outros haviam feito.

No local em que o veículo parou, havia um antigo templo, tido como o maior de todo o império. Ficou resolvido que eu ficaria hospedado naquele edifício. A porta grande, que dava para o norte, tinha aproximadamente um metro e meio de altura e quase setenta centímetros de largura; nas laterais, havia uma pequena janela de quinze centímetros. Em frente ao templo, do outro lado da estrada, havia uma torre que devia ter um metro de altura; era ali que o soberano subiria com muitos dos principais senhores para me ver. Acredito que mais de cem mil habitantes saíram da cidade atraídos pela curiosidade e, apesar dos guardas, não foram menos de dez mil. Certamente eles subiriam com escadas em meu corpo se não tivessem publicado um decreto proibindo.

Na primeira vez que o imperador veio me visitar, seu cavalo empinou, espantado ao me ver; porém, como um excelente cavaleiro, ele se firmou bem nos estribos até que a sua comitiva correu e segurou o animal. Sua Majestade, depois de desmontar, me analisou por todos os lados com grande admiração, contudo, por precaução, se manteve sempre fora do alcance. A imperatriz, as princesas e os príncipes, acompanhados de muitas damas, se sentaram nas cadeiras a certa distância.

O imperador era o homem mais alto de toda a corte, o que o fazia ser temido por todos. Os traços de seu rosto eram fortes; mandíbula avantajada, nariz aquilino e pele de oliva; tinha o corpo bem-feito, com membros proporcionais; tinha elegância em todos os seus movimentos. Era um homem maduro, com seus vinte e oito anos, e já reinava havia sete. Para observá-lo mais à vontade, fiquei deitado de lado, de maneira que meu rosto ficasse paralelo ao dele, enquanto ele se mantinha um pouco longe de mim. Seu traje era simples, mas usava um elmo de ouro ornado de joias. Empunhava a espada para se defender caso eu mostrasse algum perigo. A espada devia ter quase três centímetros; o punho e a bainha eram de ouro e cobertos de diamantes. Sua voz era áspera, mas clara e distinta, e eu podia ouvi-lo muito bem. As damas e os cortesãos vinham todos bem trajados, de modo que o lugar ocupado pela corte parecia uma bela saia estendida no chão e bordada com figuras de ouro e prata.

Sua Majestade imperial teve a honra de falar comigo várias vezes: e eu sempre respondi, sem que entendêssemos um ao outro. Após duas horas, a corte se retirou e deixou para trás uma grande quantidade de guardas para me impedir e, talvez, impedir a maldade do povo, que queria me ver de perto.

A notícia da chegada de um homem gigantesco se espalhou em todo o império e atraiu um grande número de pessoas curiosas, fazendo com que as aldeias ficassem quase vazias e o cultivo das terras abandonado, o que seria uma enorme catástrofe para o país se Sua Majestade imperial não tivesse providenciado certos decretos. Decretou que todos aqueles que já tinham me visto voltassem imediatamente para suas casas e não retornassem a não ser que tivessem uma autorização especial. Essa medida gerou muitos lucros aos empregados das secretarias do Estado.

Entretanto, o imperador convocou diversas vezes o conselho para resolver o que fazer comigo. Soube mais tarde que a corte temia que eu fugisse; diziam que por ser um grande homem o meu sustento causava uma enorme despesa e produziria escassez.

Foram designadas seiscentas pessoas para me servir, as quais ganharam tendas fartas com comida e muito confortáveis, levantadas aos lados da minha porta para residirem.

Também foi ordenado que trezentos alfaiates fizessem uma roupa à moda do país; que seis professores, dos mais notáveis do império, me ensinassem a língua e, enfim, que os cavalos do imperador e os da nobreza fizessem exercícios em minha presença para se acostumar comigo. Todas essas ordens foram pontualmente cumpridas. Fiz grandes progressos no conhecimento da língua de Lilipute. Nesse meio-tempo, o imperador me deu a honra de visitas frequentes e também ajudou os meus professores a me instruírem.

As primeiras palavras que aprendi foram para demonstrar a ele que tinha grande vontade de que me concedesse liberdade, o que todos os dias eu insistia de joelhos. Sua resposta foi que era preciso esperar um tempo; que era um assunto que ele não podia resolver sem ouvir a opinião do seu conselho. E que, primeiro, era necessário que eu prometesse, sob juramento, oferecer uma paz inviolável a ele e a seus súditos, mas, enquanto esperava, que eu seria tratado com toda a delicadeza possível.

Me pediu também para que eu não lhe fizesse mal se ordenasse aos oficiais que me revistassem, porque era muito natural que eu tivesse armas, que poderiam prejudicar a segurança de todos. Conforme as leis do seu país, era preciso que eu fosse revistado por dois comissários; esse ato seria feito sem meu consentimento, porém ele confiaria sem receio; explicou que tudo o que tirassem de mim seria devolvido quando eu saísse do país ou que seria compensado conforme o valor do objeto.

Quando os dois comissários vieram me revistar, estendi a mão para que eles conseguissem subir. Coloquei-os nos bolsos do casaco e, depois, em todos os outros. Vinham com penas, tinta e papel e fizeram uma lista detalhada de tudo o que viram.

O inventário foi escrito assim:

Em primeiro lugar, no bolso direito do casaco do grande Homem-Montanha (assim traduzi as palavras Quimbus Flestrin), apenas encontramos um pouco de tecido grosseiro, grande demais para servir de tapete na sala principal de Vossa Majestade. No bolso direito, havia uma grande máquina, armada com dentes muito compridos que pareciam a cerca que há em volta do palácio de Sua Majestade.

No bolsinho do lado direito, havia muitas peças de metal vermelhas e brancas, de grossuras diferentes; algumas das peças brancas, que nos pareceram ser de prata, tinham tamanho diâmetro e peso que eu e meu colega tivemos certa dificuldade em erguê-las. Havia ainda dois bolsos para revistar, que eram duas aberturas no alto, mas muito juntas de seu ventre, que as comprimia. De fora do bolsinho direito, pendia uma grande corrente de prata, uma maravilhosa peça. Pedimos que ele tirasse do bolso tudo o que estava preso à corrente e pareceu-nos ser um globo, parte de prata e parte de metal transparente. Pelo lado transparente, vimos certas figuras esquisitas traçadas em um círculo. Colocamos essa máquina perto de nossos ouvidos; fazia um ruído contínuo, semelhante ao de um moinho d'água, e supomos que ou é qualquer animal desconhecido ou, então, a divindade na qual ele acredita; no entanto, nos inclinamos para esta última opinião, porque ele nos afirmou que raramente fazia qualquer coisa sem que o consultasse; ele o chamava de oráculo e dizia que designava o tempo para todas as ações da sua vida.

Do bolso esquerdo, tirou uma rede que quase podia servir para pescador, porém que se abria e fechava; encontramos dentro dela muitos metais amarelos; se são de ouro verdadeiro, devem ter incalculável valor.

Notamos ainda um cinto em volta de seu corpo, fabricado com a pele de algum animal prodigioso, do qual pendia, do lado direito, uma bolsa repartida em dois compartimentos, podendo cada um conter três súditos de Vossa Majestade. Em um desses compartimentos, tinha uma porção de certos grãos escuros, mas relativamente pequenos e muito leves, porque pudemos segurar na palma da mão mais de cinquenta.

O inventário é exato em tudo o que encontramos no corpo do Homem-Montanha, que nos recebeu magnificamente e com o respeito à Vossa Majestade.

Assinado e selado aos quatro dias da nonagésima lua do feliz império de Vossa Majestade.
Flessen, Frelock, Marsi

Assim que o inventário acima foi lido na presença do imperador, ele me ordenou que lhe entregasse todas aquelas coisas uma a uma. Entreguei meu relógio, que lhe despertou grande curiosidade, e ordenou que dois dos seus maiores guardas o levassem aos ombros. Ele estava admirado com o contínuo ruído que fazia e com o movimento do ponteiro que marcava os minutos.

Depois, entreguei as moedas de cobre e de prata, a bolsa, com umas nove grandes moedas de ouro e algumas menores; o pente, o lenço e o jornal.

Numa bolsa à parte, e que não foi revistada, estavam meus óculos (que às vezes uso por ter a vista fraca), uma luneta de bolso e outros pequenos pertences, que considerei não serem de grande importância ao imperador, por isso, não os mostrei aos comissários, temendo que os danificassem.

Um dia, o imperador quis me proporcionar uma diversão grandiosa. Nesse aspecto, aquele povo ia além de todas as outras nações que eu havia visitado, tanto na desenvoltura quanto na generosidade, mas nada me divertiu tanto como ver os dançarinos de corda fazerem acrobacias sobre um fio finíssimo.

As pessoas que executavam esse trabalho eram as que desejavam grandes empregos e se achavam dignas de se tornar as favoritas da corte; com esse intuito, desde muito jovens se dedicavam a esses nobres exercícios. Quando um importante cargo estava vago, ou pela morte daquele que o desempenhava, ou por ter caído no desagrado do imperador (o que acontecia com frequência), cerca de seis pretendentes apresentavam um requerimento para que pudessem conseguir uma autorização a fim de divertirem Sua

Majestade e a corte com uma dança na corda, e aquele que saltava mais alto sem cair era quem conquistava o público.

Havia uma outra distração; mas essa era apenas para o imperador, a imperatriz e o primeiro-ministro. O imperador colocava três fios de seda em cima de uma mesa, separados uns dos outros; um era carmesim; outro, amarelo; e o terceiro, branco. Os fios representavam prêmios para aqueles a quem o imperador queria distinguir com uma diferente demonstração de sua magnificência. A cerimônia era realizada no grande salão de recepção, onde os concorrentes eram obrigados a mostrar uma prova de sua agilidade de uma forma que eu jamais vi nada semelhante em qualquer outro país.

O imperador segurava um bastão, com as duas extremidades voltadas para o horizonte, enquanto os concorrentes saltavam por cima do bastão. Algumas vezes, o imperador segurava uma ponta e o primeiro-ministro outra; e outras vezes só o primeiro-ministro segurava.

Aquele que melhor realizasse o salto, demonstrando habilidade e leveza, era recompensado com a seda carmesim; a amarela era dada ao segundo; e a branca, ao terceiro. Esses fios, que eles usam como cintos, serviam de ornamento e os distinguiam dos demais.

Eu tinha apresentado ou enviado tantos requerimentos para a minha liberdade que, por fim, Sua Majestade expôs o assunto primeiro à mesa do desembargo e depois ao conselho do Estado, no qual houve discordância apenas por parte do ministro Skyresh Bolgolam que, sem razão alguma, se declarou contra mim; todo o resto do conselho, porém, foi favorável, e o imperador apoiou a opinião. O citado ministro, que era *galbet*, ou almirante-mor, mereceu a confiança do rei por ser habilidoso nos negócios públicos, mas era grosseiro e excêntrico. Conseguiu que os artigos referentes às condições da minha liberdade fossem redigidos por ele. Esses artigos foram trazidos pessoalmente por Skyresh Bolgolam, acompanhado de dois subsecretários e de muitas pessoas da nobreza. Precisei me comprometer a segui-los, sob juramento feito primeiro como fazemos em meu país e, em seguida, como decretada por suas leis, que consistia em segurar o meu pé direito na mão esquerda, colocar o dedo médio da mão direita no alto da cabeça e o polegar na ponta da orelha direita. O leitor pode ter curiosidade em conhecer o estilo daquela carta e saber os artigos da minha libertação, então traduzo, aqui, palavra por palavra, todo o documento:

Golbasto Momaren Evlame Gurdilo Shefin Mully Ully Gue, poderoso imperador de Lilipute, cujos domínios abrangem cinco mil blustrugs (medida equivalente a vinte e nove quilômetros de circunferência) *até os confins do mundo, soberano de todos os soberanos, mais alto do que os filhos dos homens, cujos pés oprimem a terra até o centro, cuja cabeça chega ao sol e cujo relance de olhos faz tremer os joelhos dos mais poderosos, carinhoso como a primavera, agradável como o verão, abundante como o outono, terrível como o inverno, deseja todos os nossos fiéis e amados súditos saúde. Sua Majestade propõe ao Homem-Montanha os seguintes artigos, os quais será obrigado a aceitar por juramento solene:*

Art. 1°. O Homem-Montanha não sairá dos nossos vastos domínios sem nossa permissão escrita e autenticada pelo selo de nosso imperador.

Art. 2°. Não terá a liberdade de entrar na nossa capital sem nossa ordem expressa. Os habitantes devem ser avisados com duas horas de antecedência para que permaneçam dentro de suas casas.

Art. 3°. O referido Homem-Montanha limitará os seus passeios às nossas estradas principais, evitando andar ou se deitar em algum campo.

Art. 4°. Passeando pelas estradas mencionadas, terá o máximo cuidado para não pisar no corpo de algum dos nossos fiéis súditos ou nos seus cavalos ou carruagens e não agarrará nenhum dos nossos súditos sem que ele o consinta.

Art. 5°. Quando for necessário enviar alguma mensagem, o Homem-Montanha é obrigado a levar no bolso o mensageiro durante seis dias, uma vez a cada lua, trazendo-o de volta, são e salvo, à nossa presença imperial, se lhe for solicitado.

Art. 6°. Será o nosso aliado contra os inimigos da ilha de Blefuscu.

Art. 7°. O Homem-Montanha prestará o seu auxílio aos nossos operários, ajudando-os a carregar grandes blocos de pedra para concluírem os muros do grande parque e outras construções imperiais.

Art. 8°. Depois de ter feito o juramento sobre os artigos acima decretados, o Homem-Montanha terá uma quantidade de carne todos os dias e bebida suficiente para sustento de mil e oitocentos e setenta e quatro súditos nossos.

Dado no nosso palácio em Belfaborac, aos doze dias da nonagésima primeira lua do nosso império.

Prestei o juramento e assinei todos aqueles artigos com grande alegria, embora alguns não fossem tão dignos como eu desejava. Agradeci humildemente o favor que Sua Majestade havia feito, me submetendo a seus pés, mas ele mandou que eu me levantasse, da maneira mais amável possível.

O leitor pôde notar que, no último artigo da minha libertação, o imperador se comprometeu a me dar uma quantidade de carne e bebida. Algum tempo depois, perguntando a um cortesão, meu amigo particular, como determinaram aquela quantidade de alimentos, soube que, os matemáticos de Sua Majestade, tomando o tamanho do meu corpo por meio de um quadrante, concluíram que eu corresponderia ao corpo deles em uma proporção de mil e oitocentos e setenta e quatro para um. Então, eu devia ter um apetite mil e oitocentas e setenta e quatro vezes maior do que o deles.

Após essa explicação, o leitor poderá avaliar o notável senso daquele povo e a economia sábia, exata e perspicaz do imperador.

O primeiro pedido que eu fiz, depois de ter alcançado a minha liberdade, foi obter permissão para visitar Mildendo, capital do império; o imperador autorizou, recomendando que eu não causasse dano algum aos habitantes tampouco às moradias. O povo foi avisado, por meio de um enunciado, sobre o meu desejo de visitar a cidade.

A muralha que a rodeava tinha uma boa altura e espessura, de maneira que uma carruagem podia andar por cima e dar a volta à cidade com segurança; era cercada de fortes torres distanciadas a três metros umas das outras. Passei por cima da porta ocidental e caminhei devagar e de lado pelas duas ruas principais, vestindo apenas o colete, receando que as abas do casaco fizessem algum estrago nos telhados e beirais das casas. Andava com o máximo cuidado para não pisar nas pessoas que estavam pelas ruas, apesar das ordens feitas pelo imperador para que todo mundo ficasse em casa enquanto eu passava pela cidade. Os balcões, as janelas dos primeiros, segundos e terceiros andares e os telhados estavam repletos de espectadores, então pude ver como a população era enorme. A cidade formava uma espécie de quadrilátero, tendo cada lance de muralha um pouco mais de cento e cinquenta metros de comprimento. Ela poderia comportar quinhentas mil pessoas. As casas tinham três ou quatro andares. As lojas e os mercados eram bem sortidos. Antigamente, havia boa ópera e excelente comédia; porém, a generosidade do imperador não abrangia os atores, então tudo isso acabou decaindo.

O palácio do imperador ficava localizado no centro da cidade, onde as duas principais ruas se encontravam. Sua Majestade me deu permissão para atravessar com uma pernada aquela muralha, a fim de ver o seu palácio por todos os lados. O pátio exterior era um quadrado de doze metros e compreendia dois outros pátios centrais.

Na habitação interior ficavam os aposentos de Sua Majestade, que eu tinha grande desejo de ver. Isso era uma tarefa difícil, já que as portas maiores tinham apenas quarenta e cinco centímetros de altura por dezessete de largura. No entanto, as construções da residência exterior elevavam-se a poucos metros do terreno, o que tornava impossível passar por cima delas sem o risco de quebrar os telhados, embora os muros fossem construídos com rigidez. Mas o imperador desejava que eu visse a grandiosidade do seu palácio. Porém, só depois de três dias que eu pude me encontrar com ele, pois eu tinha cortado com o meu canivete algumas das maiores árvores do parque imperial para fazer duas banquetas fortes que pudessem aguentar o peso do meu corpo.

Com a população prevenida, tornei a atravessar a cidade e me dirigi ao palácio, levando as banquetas nas mãos. Quando cheguei a um dos lados da residência exterior, subi em cima de uma banqueta e segurei a outra. Passei uma por cima dos telhados e coloquei ela delicadamente no chão, no espaço que havia entre a primeira e a segunda habitação. Em seguida, passei facilmente por cima das construções, utilizando as banquetas e, quando estava do lado de dentro, tirei com um gancho a outra que ficara do lado oposto. Desse modo, consegui chegar até a residência interior, onde, deitado de lado, olhei por todas as janelas do primeiro andar, que eles tinham deixado abertas propositalmente, e vi os mais magníficos aposentos que poderia imaginar. Vi também a imperatriz e as jovens princesas nos seus quartos, rodeadas da sua comitiva. Sua Alteza imperial começou a sorrir graciosamente para mim e, pela janela, estendeu a mão para eu beijar.

Quinze dias depois de ter recuperado a liberdade, recebi a visita de Reldresal, secretário de Estado encarregado das missões particulares, que veio acompanhado apenas de um criado. Deu ordem para que a carruagem o esperasse a certa distância e me pediu uma hora para conversarmos. Sugeri me deitar no chão para que ele pudesse ficar à altura dos meus ouvidos; ele, porém, preferiu que o colocasse na palma da mão durante a conversa. Começou por me felicitar pela minha liberdade, dizendo que estava se gabando por ter contribuído com o resultado. Em seguida acrescentou que, se não fosse o interesse que a corte tomara, não seria possível me libertar, prosseguindo:

— Embora o nosso Estado pareça favorável aos olhos do estrangeiro, o que é certo é que temos dois grandes problemas para tratar: de dentro, uma poderosa facção; de fora, a invasão, na qual estamos sendo ameaçados por um terrível inimigo. Com respeito ao primeiro, preciso é que saiba que há setenta luas existem dois partidos contrários neste império, sob os nomes de Tramecksan e Slamecksan, os quais se diferenciam por seus sapatos de salto alto e baixo. É fato que os saltos altos são mais conformes à nossa antiga constituição; apesar disso, Sua Majestade resolveu se servir apenas dos saltos baixos na administração do governo e em todos os cargos que dependem da coroa. É possível verificar que os saltos de Sua Majestade imperial são, pelo menos, um *drurr* mais baixos do que os de qualquer outra pessoa da corte. — O *drurr* tem aproximadamente dois centímetros e meio — O ódio dos dois partidos — continuou Reldresal — está em tal grau que não comem, não bebem juntos nem se falam. Temos quase a certeza de que os Tramecksans, ou saltos altos, estão em maior número do que nós; a autoridade, porém, está nas nossas mãos. Contudo, temos a suspeita de que Sua Alteza imperial, o herdeiro da coroa, tem alguma inclinação para os saltos altos; pelo menos tivemos ocasião de ver que um dos saltos é mais alto do que outro, o que o faz mancar um pouco. Ora, no meio dessas disputas internas, estamos ameaçados de uma invasão pelo lado da ilha de Blefuscu, que é outro grande império do Universo, quase tão grande e tão poderoso quanto este, porque, segundo dizem, há outros impérios, reinos e Estados no mundo, habitados por criaturas humanas tão grandes e tão altas como você; os nossos filósofos, porém, têm suas dúvidas e preferem acreditar que você caiu da lua ou de alguma estrela, porque é notável que meia dúzia de mortais do seu tamanho consumiria em pouco tempo toda a fruta e todo o gado dos Estados de Sua Majestade imperial. Além disso, há seis mil luas, os nossos historiógrafos não fazem referência a outras regiões a não ser aos dois grandes impérios de Lilipute e de Blefuscu. Essas duas poderosas potências têm andado empenhadas, durante trinta e seis luas, numa guerra motivada pelo seguinte: todo mundo concorda que a maneira certa de partir os ovos antes de serem comidos é bater com a parte pontuda na borda de um prato ou de um copo; mas o avô de Sua Majestade imperial, quando criança, foi comer um ovo e teve a infelicidade de cortar um dedo, quebrando o ovo com a ponta mais grossa, o que deu motivo para o imperador, seu pai, publicar um decreto que ordenava aos seus súditos, sob graves punições, que partissem os ovos pelo lado mais pontudo. Esse decreto irritou tanto o povo que este se juntou e provocou seis confrontos, e, em um deles, o imperador perdeu a coroa. Esses impactos internos tiveram motivação dos soberanos de Blefuscu e, quando os protestos foram proibidos, os culpados se refugiaram naquele império. Pelas estatísticas, onze mil homens, em diversas épocas, preferiram morrer do que se submeter ao decreto de partir os ovos pela parte pontuda. Foram escritas e publicadas centenas de livros volumosos referentes a esse assunto; mas os livros que defendiam o modo de partir os ovos pela ponta mais grossa foram há muito tempo proibidos. Durante esses conflitos, os imperadores de Blefuscu, por meio de seus embaixadores, nos acusaram de praticar um crime que violava uma regra fundamental do nosso grande profeta Lustrog, no quinquagésimo quarto capítulo de Blundecral — que é o livro sagrado deles —, sendo considerado como uma simples interpretação de texto, e os termos eram: todos os fiéis quebrarão os ovos pela parte pontuda. Na minha opinião, cada um deveria escolher por qual lado quebrar um ovo ou, no mínimo, deixar que as autoridades decidissem. Entretanto, os que concordavam com a opção da ponta mais grossa foram expulsos do país e receberam o apoio do imperador de Blefuscu, e entre os dois impérios uma guerra surgiu, com prejuízo para ambas as partes. Perdemos quarenta navios com trinta mil dos nossos mais valentes marinheiros e soldados; e não foi diferente para o nosso inimigo. Seja como for, o império de Blefuscu preparou uma temível esquadra para realizar um desembarque nas margens do nosso império. Nesse momento, Sua Majestade imperial, tendo confiança na sua coragem e sabendo da sua força, pediu para que eu detalhasse a você todos esses assuntos a fim de saber quais são os seus posicionamentos a respeito deles.

Respondi ao secretário que eu não queria ficar entre essas disputas, mas dei a entender que estava disposto a sacrificar a vida para defender o seu império contra todas as invasões dos seus inimigos. Então ele se despediu, muito satisfeito com a minha resposta.

O império de Blefuscu é uma ilha situada ao nordeste de Lilipute e está separada dele apenas por um canal, que tem quase oitocentos metros. Eu nunca vi, mas como corria o boato do projetado desembarque, tomei o máximo de cuidado para não aparecer desse lado, com medo de que eu fosse descoberto por algum navio do inimigo.

Comuniquei ao imperador sobre um projeto que eu havia elaborado pouco tempo atrás para me tornar dono de toda a frota inimiga que, segundo o relatório do secretário, estava no porto, pronta a içar vela ao primeiro vento favorável. Consultei os mais experientes marinheiros para que eu soubesse qual era a profundidade do canal, e me disseram que ao centro, na maré cheia, tinha de profundidade setenta *glumgluffs* (que equivalem a quase dois metros) e, em outros pontos, cinquenta *glumgluffs*, no máximo.

Fui para a fronteira de Blefuscu em segredo e me deitei atrás de uma colina, então vi pela luneta a frota inimiga, que era feita de cinquenta navios de guerra e um considerável número de transportes. Me afastei e em seguida dei ordem para fabricarem uma grande quantidade de cabos, tão fortes quanto possível, com barras de ferro. Os cabos deviam ser mais ou menos da grossura de um barbante; e as barras, do comprimento e grossura de uma agulha de fazer meias. Tripliquei o cabo para o tornar ainda mais resistente e, por essa razão, torci junto ao cabo três barras de ferro e a cada uma delas apliquei um gancho. Voltei à fronteira e, metendo debaixo do casaco os sapatos e as meias, entrei no mar. A princípio, entrei pela água com a maior atenção possível e depois nadei alguns metros até o centro. Cheguei junto à frota em menos de trinta minutos. Os inimigos ficaram tão assustados com a minha presença que todos saltaram dos navios como rãs e fugiram para a terra; calculei seu número em trinta mil homens, mais ou menos. Tratei, então, de segurar cada nau pela proa com um gancho preso a um cabo. Enquanto andava na faina, o inimigo atirou milhares de flechas, muitas das quais me atingiram no rosto e nas mãos e que, além da extrema dor que me causaram, dificultaram a minha tarefa. O que me preocupava eram os olhos, que teriam ficado perdidos se eu não tivesse me lembrado de um expediente: em um dos bolsos tinha os óculos; coloquei-os o mais depressa que pude. Armado com esse novo tipo de elmo, continuei o meu trabalho sem me importar com a contínua chuva de flechas que caía em cima de mim. Quando consegui colocar todos os ganchos, comecei a puxa-los; o trabalho, porém, não funcionou, visto como os navios estavam ancorados. Tirei o canivete do bolso e cortei todas as cordas; feito isso, num piscar de olhos fui puxando tranquilamente cinquenta dos maiores navios e continuei arrastando-os comigo.

Os blefuscudianos, que não podiam adivinhar qual era o meu propósito, ficaram surpreendidos e confusos: não me tinham visto cortar as cordas e acharam que a minha ideia era deixá-los flutuar ao sabor do vento e da maré, fazendo com que se entrechocassem; quando, porém, viram que eu rebocava toda a esquadra, soltaram gritos de raiva e de desespero.

Caminhei por algum tempo e logo estava fora do alcance das flechas, então parei um pouco para tirar todas aquelas que tinham me espetado no rosto e nas mãos; depois, me dirigi até o porto imperial de Lilipute, conduzindo a minha presa.

O imperador, com toda a sua corte, estava na praia, aguardando a conclusão da minha missão. De longe viram uma armada que se acercava; mas, como a água batia no meu pescoço, não notaram que era eu quem a conduzia até eles. Então ele achava que eu tinha morrido e que a esquadra inimiga se aproximava para o desembarque; no entanto os seus temores sumiram, porque me viram à frente de todas as naus e me ouviram gritar com toda a força:

— Viva o poderoso imperador de Lilipute!

Assim que cheguei à terra, o soberano me elogiou infinitamente e, logo em seguida, me fez um *nardac*, que é o mais honroso título digno existente entre eles.

Sua Majestade solicitou que eu juntasse todos os navios inimigos e os conduzisse aos portos. O soberano tinha o desejo de se apossar de todo o império de Blefuscu, para reduzir a região do seu império e fazê-lo ser governado por um vice-rei; mandaria prender todos os que foram expulsos por não concordar com o decreto da ponta mais grossa e obrigaria aquele povo a quebrar os ovos pelo lado pontudo, o que o faria chegar a um reinado universal; tentei fazê-lo mudar de ideia, me baseando em razões políticas e justiceiras, e não aceitei me tornar instrumento para acabar com a liberdade de um povo livre, nobre e corajoso. Quando esse assunto foi apresentado ao conselho, a parte mais sábia apoiou a minha opinião.

Minha declaração ousada e imparcial era tão diferente dos projetos e da política de Sua Majestade que ficou difícil obter o perdão dele; falaram a respeito disso no conselho de uma forma muito arrogante, e os meus inimigos secretos utilizaram isso para me atingir. É certo que os serviços significativos prestados aos soberanos são logo esquecidos quando uma pessoa rejeita fazer alguma de suas exigências.

Três semanas depois, chegou de Blefuscu uma embaixada, trazendo propostas de paz. O tratado foi concluído em condições vantajosas para o imperador de Lilipute. A embaixada era constituída por seis aristocratas, com uma comitiva de quinhentas pessoas; é possível dizer sem exagero que a sua entrada correspondeu à grandeza de seu amo e à importância da negociação.

Depois de feito o tratado, Suas Excelências, sabendo em segredo dos bons serviços que eu prestei àquele país pelo modo como falei ao imperador, me fizeram uma visita cerimoniosa. Primeiro começaram a fazer muitos elogios devido ao meu valor e à minha generosidade, logo me convidaram, em nome de seu amo, para ir viver em Blefuscu. Agradeci e pedi a eles que apresentassem os meus mais humildes respeitos à Sua Majestade blefuscudiana, cujos méritos eram universalmente conhecidos. Contudo, prometi visitar Sua Majestade antes de regressar ao meu país.

Alguns dias se passaram, então fui até o imperador pedir autorização para fazer meus cumprimentos ao grande soberano de Blefuscu; ele me respondeu, com a maior frieza, que fosse quando ele quisesse.

Me esqueci de dizer que os embaixadores tinham falado de um intérprete, visto que as línguas dos dois países eram muito diferentes uma da outra. Qualquer uma dessas nações se orgulhava da antiguidade, da beleza e da força do seu idioma e desprezava o outro.

No entanto, o imperador, orgulhoso da vantagem que teve diante dos blefuscudianos pela tomada da sua esquadra, obrigou os embaixadores a apresentarem as suas credenciais e a fazerem seu discurso em língua liliputiana, e, na verdade, em virtude do comércio entre os dois países, da recepção recíproca dos refugiados e do costume dos liliputianos de mandar os jovens da nobreza a Blefuscu, a fim de se educarem, havia poucas pessoas de distinção no império de Lilipute e também pouquíssimos negociantes ou marinheiros nas praças marítimas que não falassem as duas línguas.

Seguidamente, tive a oportunidade de prestar à Sua Majestade imperial um importante serviço. Eu estava dormindo em meus aposentos quando fui acordado — devia ser quase meia-noite — com os gritos de uma multidão que se juntara à porta de minha casa; ouvi várias vezes a palavra *burglum*. Alguns cortesãos, abrindo passagem por entre a multidão, imploraram que eu me dirigisse ao palácio, pois se alastrava um incêndio na residência da imperatriz, por descuido de uma das suas governantas que adormeceu lendo um poema blefuscudiano. Eu me levantei imediatamente e fui ao palácio com certo custo para que não pisasse em ninguém na minha passagem, até que consegui. Quando cheguei, vi que já tinham aplicado as escadas às paredes dos quartos e estavam bem fornecidos de baldes; a água, porém, ficava muito longe. Esses baldes deviam ter talvez o tamanho de dedais, e o pobre povo os carregava com a máxima disposição. O incêndio se alastrava, e aquele palácio magnífico seria imediatamente reduzido a cinzas se eu não tivesse uma ideia de repente. Na noite anterior, eu tinha bebido em grande quantidade um certo vinho branco chamado *glimigrim*, importado de uma propriedade de Blefuscu, com grandes benefícios diuréticos. Decidi então urinar e dirigi o jato com tanto acerto nas chamas que, dentro de três minutos, o fogo estava completamente apagado, e o resto daquele nobre edifício, extremamente caro, ficou preservado do incêndio.

Eu não sabia se o imperador iria gostar do serviço que eu tinha acabado de fazer, porque, de acordo com as leis, era um crime capital e digno da pena de morte espalhar águas nas proximidades do palácio imperial; porém, fiquei tranquilo quando soube que Sua Majestade deu ordem ao juiz para me enviar cartas de agradecimento.

Eu pensei em reservar a descrição desse império para um trabalho à parte, mas acho que o leitor merece todo o detalhamento. Como a estatura desse povo não passa de quinze centímetros, eles possuem uma proporção exata aos outros animais, assim como às árvores. Por exemplo: os maiores cavalos e bois têm entre dez e doze centímetros, aproximadamente; os patos são quase do tamanho de pardais; quanto aos insetos, esses eram quase invisíveis para mim; a natureza, porém, soube ajustar a vista dos habitantes de Lilipute. Para demonstrar como o olhar deles é aguçado, uma vez vi um hábil cozinheiro depenando uma cotovia que não era maior do que uma mosca comum, e uma moça a enfiar um fio de seda invisível numa agulha minúscula.

Eles utilizam caracteres e letras, seu modo de escrever é notável, não o fazendo nem da esquerda para a direita, como na Europa; nem da direita para a esquerda, como os árabes; nem de cima para baixo, como na China; nem de baixo para cima como os caucasianos, mas torto e de um a outro ângulo do papel, como as senhoras na Inglaterra.

Enterram os mortos de cabeça para baixo, porque imaginam que, dentro de onze mil luas, todos os mortos devem ressuscitar; por essa época, a Terra, que julgam plana, virará de cima para baixo.

Possuem leis e costumes peculiares, que eu poderia justificar se não fossem diferentes da minha querida pátria. Todos os crimes contra o Estado são punidos com rigor nesse país; se o acusado, porém, prova a sua inocência, o acusador é condenado à morte e todos os seus bens são confiscados em prol do inocente. Se o acusador é pobre, o imperador, do seu tesouro particular, recompensa o acusado por todas as perdas e danos.

A fraude é considerada como um crime maior do que o roubo; por isso, ela é punida de forma mais grave, visto que existe uma lei dizendo que o cuidado e a vigilância podem garantir os bens de um indivíduo contra as tentativas dos ladrões, mas a honestidade não tem defesa contra a malícia e a má-fé.

Embora eu entenda que os castigos e as grandes recompensas são necessários para uma boa convivência em um país, ouso dizer que a sentença de castigar e recompensar não é vista na Europa com a mesma cautela do império de Lilipute. Por exemplo, a pessoa que cumprir fielmente as leis do seu país durante setenta e três luas tem direito a certos privilégios. De acordo com seu nascimento e sua posição, ela recebe uma certa quantia de dinheiro, que é retirado de um fundo destinado a isso, e também alcança o título de *snilpall*, ou legítimo, que é adicionado ao seu nome; porém, esse título não é passado aos seus filhos. Depois que contei pra eles como funciona o governo do meu país, o povo liliputiano acha que é um grande defeito político que todas as nossas leis sejam ameaçadoras e que a desobediência seja punida com castigos rigorosos, sem nenhum tipo de recompensa. Portanto, Lilipute representa a justiça com seis olhos, dois na frente, dois atrás e um de cada lado (para simbolizar a segurança), segurando na mão direita um saco cheio de ouro e na esquerda uma espada embainhada, para demonstrar que está mais disposta a premiar do que a punir.

Para a escolha dos cargos públicos, eles olham mais para a honestidade dos súditos do que para o talento. Como o governo é necessário ao gênero humano, eles acreditam que a Providência nunca teve o objetivo de fazer da administração dos negócios públicos uma ciência complicada e misteriosa, acessível apenas a um limitado número de espíritos raros, esses três ou quatro prodígios, que aparecem de séculos em séculos; mas entendem que a verdade, a justiça e os benefícios estão ao alcance de toda gente e que a prática, acompanhada de alguma experiência e boas intenções, torna quem quer que seja capacitado a servir ao seu país.

O cidadão que não acreditar na Providência Divina é declarado incapaz de exercer qualquer cargo público. Como os soberanos se consideram os responsáveis da Providência, os liliputianos entendem que não há nada mais absurdo do que um imperador que protege pessoas sem religião.

As leis que citei são originais e primitivas dos liliputianos. E, nesse caso, pelas leis modernas, esse governo cairia em grande excesso de corrupção; prova disso é o modo que eles determinam quem irá ocupar os mais elevados empregos, apenas dançando na corda e saltando sobre bastões. O leitor pode notar que elas foram introduzidas pelo pai do atual imperador.

Entre eles, a ingratidão é considerada um crime, como em outro tempo foi, segundo conta a história, aos olhos de algumas nações honestas.

Os liliputianos dizem que todo indivíduo que se torna ingrato com o seu benfeitor certamente é inimigo de todos os outros homens.

Os naturais de Lilipute acreditam que o pai e a mãe não devem ficar encarregados da educação dos filhos. Em todas as cidades, há colégios públicos para onde todos os pais, exceto camponeses e operários, são obrigados a mandar os filhos de ambos os sexos para serem educados. Quando atingem a idade de vinte luas, são considerados capazes de aprender. Nas escolas, os professores são competentes, sérios e sábios, educam as crianças para um modo de vida de acordo com suas qualidades e vocação.

O vestuário dos rapazes é simples. Eles ensinam princípios de honra, justiça, coragem, religião e amor pela pátria. Até os quatro anos são vestidos; dessa idade em diante, eles se vestem sozinhos, embora sejam de família nobre. Só têm permissão para brincar na presença do professor. Os pais podem visitá-los duas vezes por ano. A visita pode durar apenas uma hora, com a liberdade de beijar o filho na entrada e na saída; um professor observa as visitas e não deixa eles falarem em segredo com as crianças, que acariciem e nem que deem doces ou bolos.

Em colégios para meninas nobres, elas são educadas quase como rapazes, com uma diferença: são vestidas por criadas, até que cheguem aos cinco anos, quando começam a se vestir sem auxílio de ninguém. Quando alguém descobre que as criadas contam histórias de terror ou qualquer coisa capaz de causar medo (o que é recorrente com as governantas na Inglaterra), elas são expulsas do país. Os exercícios das moças são menos cansativos do que os dos rapazes. Entretanto, aprendem ciências e gramática.

Os liliputianos se dedicam ao cuidado e à educação das crianças. Dizem que são como plantas, fáceis de semear, plantar, fazer com que cresçam bem, acreditam que podem dar frutos em abundância como resultado da atenção e dedicação de um bom jardineiro.

Não suportam os professores que cansam seus alunos quando tentam ensinar a antiga língua, que nem se parece com a que se fala hoje. A população opina que os professores devem educar as crianças para as lutas da vida e querem que eles se familiarizem com os seus alunos. Nas aulas de história, os acontecimentos históricos que aconteceram no país não são repassados a eles.

Querem que os estudantes sejam curiosos e façam muitas perguntas a respeito de tudo o que veem. Deixam esclarecido que cada um deve escolher o curso que mais convém ao seu talento depois que saírem do colégio. É recomendável que sejam muito fiéis e dedicados ao imperador.

Aos mestres é proibido castigar os alunos fisicamente; castigam apenas privando-os de alguma coisa de que gostam e deixam de passar lições por três dias, o que os aborrece bastante.

Geralmente, não se dão ao trabalho de conhecer todas as partes do universo, preferem usar a natureza sem a examinar ou aprender sobre a ordem e o movimento dos corpos físicos.

Antes de contar sobre a minha saída do império de Lilipute, vou informar ao leitor uma intriga secreta que foi tramada contra mim.

Até aquele momento, eu era pouco familiarizado com a corte, não tinha os requisitos necessários para fazer parte dela; e ainda que as pessoas de origem humilde como eu conseguissem empregos lucrativos, elas não tinham tanto empenho. O fato é que, quando eu estava saindo para visitar o imperador de Blefuscu, uma criatura de alta influência e consideração no palácio e a quem eu já havia prestado serviços veio conversar comigo em segredo. Chegou em uma cadeirinha fechada e despediu os guardas que o carregavam.

Coloquei a cadeirinha, com Sua Excelência dentro, no bolso do casaco, pedi para que o criado fechasse a porta, acomodei a cadeirinha em cima da mesa e me sentei ao seu lado. Como de costume, fizemos os cumprimentos, e logo notei o aspecto descontente e inquieto dele, então perguntei qual o motivo de estar assim. Pediu para que o ouvisse com a máxima atenção sobre um assunto que dizia respeito à minha vida e começou:

— Quero lhe dizer que recentemente foram convocados vários conselhos por sua causa e que, há dois dias, Sua Majestade tomou uma decisão desagradável. Com certeza o senhor não ignora que Skyresh Bolgolam — *galbet*, ou almirante-mor — nunca deixou de ser seu inimigo mortal desde que o senhor chegou aqui. Não sei o motivo de tanta implicância; o que sei é que o ódio aumentou desde que esquadra de Blefuscu chegou: como almirante, ele se sentiu magoado com o desfecho. Esse cavalheiro, junto com Flimnap, tesoureiro-mor, o general Limtoc, o camareiro Lalcon e o supremo magistrado Balmuff, elaborou uma série de artigos para processar o senhor como réu de alta traição e autor de vários outros crimes.

A introdução me chocou tanto que eu queria interrompê-lo, mas ele pediu que eu não dissesse nada e que o ouvisse. Em seguida, continuou:

— Como estou grato pelos serviços que me prestou, procurei me informar de todo o processo e consegui a cópia de todos os artigos. É uma coisa que põe a minha cabeça em perigo, mas que faço para lhe ajudar.

Artigos da acusação promovida contra Quimbus Flestrin (o Homem-Montanha)

Art. 1º. Visto que, por uma lei decretada no império de Sua Majestade Calin Deffar Plune, é ordenado que qualquer indivíduo que espalhe água no recinto do palácio imperial seja sujeito às penas e castigos do crime de alta traição e que, apesar disso, o Quimbus Flestrin, por uma violação feita à lei, sob pretexto de apagar o fogo nos aposentos da querida esposa de Sua Majestade imperial, traiçoeiramente apagara o fogo despejando a sua urina no recinto do palácio imperial;

Art. 2º. O mencionado Quimbus Flestrin conduziu a armada imperial de Blefuscu e, após Sua Majestade imperial ter ordenado que se apoderasse de todos os outros navios, para que a província pudesse ser governada por um vice-rei do nosso país, e expulsar todos os que apoiaram a decisão dos ovos quebrados pela ponta mais grossa, Flestrin não aceitou a posição de Sua Majestade, informando sobre as consequências e como a ideia poderia oprimir a liberdade de um povo inocente;

Art. 3º. Que certos embaixadores de Blefuscu vieram pedir a paz à Sua Majestade imperial; o mencionado Flestrin, como súdito desleal, ajudou, socorreu e os livrou de apuros e favoreceu os embaixadores, mesmo sabendo que eram ministros de um imperador que acabou de se mostrar recentemente inimigo declarado de Sua Majestade imperial e numa guerra aberta contra a sobredita Majestade;

Art. 4º. Que o mencionado Quimbus Flestrin, contra o dever de um súdito fiel, se dispõe agora a fazer uma viagem à corte de Blefuscu, para a qual recebera apenas uma autorização verbal de Sua Majestade imperial e, sob o pretexto dela, se propunha a fazer a citada viagem para auxiliar o imperador de Blefuscu.

— Ainda existem outros artigos — acrescentou ele —, mas os mais importantes são esses que acabo de citar. Nas decisões sobre esse assunto, vou confessar que Sua Majestade considerou todos os serviços que o senhor prestou, e isso possibilitou que seus crimes fossem amenizados. O tesoureiro e o almirante opinaram que o senhor deveria sofrer, o general deveria esperá-lo com vinte mil homens armados para feri-lo. Ordens secretas deveriam ser dadas a alguns dos seus criados para enganá-lo. O general concordou, de maneira que, durante certo tempo, a maioria dos votos foi contra o senhor. Sua Majestade imperial, tentando salvar a sua vida, conseguiu o voto do camareiro. Entretanto, Reldresal, primeiro secretário dos negócios secretos do Estado, recebeu ordem do imperador para dar a sua opinião, que foi como à de Sua Majestade, e justificou dizendo que reconheceu que os crimes cometidos eram grandes e que mereciam o perdão; disse que a amizade entre ambos era tão conhecida que talvez o pudesse o julgar prevenido a seu favor; que, para obedecer ao mandado de Sua Majestade, considerando os serviços prestados, queria poupar sua vida e somente deixá-lo cego. Dessa forma, a justiça ficou, de algum modo, satisfeita e todos aplaudiriam a misericórdia do imperador; concordaram que a perda da visão não seria um obstáculo para sua força corporal, a qual ainda poderia ser útil para a Sua Majestade; justificaram que a cegueira serve para aumentar a coragem, ocultando-nos os perigos; que o temor que mostrou pelos seus olhos era a maior dificuldade que teve a vencer ao apoderar-se da esquadra inimiga. Essa proposta foi recebida desfavoravelmente por toda a assembleia. O almirante Bolgolam levantou furioso e disse que estava admirado com o secretário, pois ele queria conservar a vida de um traidor; que os serviços que o senhor havia prestado estavam de acordo com as leis. Ele declarou o senhor como traidor e rebelde, insistindo que deveria ser prejudicado sem mais delongas. O tesoureiro concordou. Mostrou como as finanças do país foram reduzidas com as despesas do seu sustento. Assim, foram dadas ordens terminantes para que fosse mantido em segredo o desejo de prejudicá-lo. A sentença para deixá-lo cego foi registrada no arquivo do conselho e, dentro de três dias, o secretário terá ordem para vir à sua casa, onde lerá os artigos de acusação em sua presença. Quanto a mim, para afastar qualquer suspeita, vou voltar em segredo sem que ninguém me veja.

Sua Excelência foi embora, e eu fiquei refletindo sobre o que ele disse. O discurso do imperador a meu respeito logo correu por todo o país. E, quanto a mim, preciso confessar que entendia tão pouco sobre esses assuntos que não podia decidir se a sentença determinada contra mim era branda ou rigorosa, justa ou injusta. Sequer pedi permissão para apresentar a minha defesa: preferia ser condenado sem ser ouvido, porque via em outros tempos vários processos idênticos e sempre notei que terminavam de acordo com as instruções dadas aos juízes e conforme a vontade dos poderosos acusadores.

Surgiu um certo desejo de resistir, pois nem todas as forças desse império conseguiriam fazer algo contra mim, e eu poderia facilmente, à pedrada, destruir a capital; porém, rejeitei a ideia, me lembrando do juramento que fiz à sua Majestade, dos favores que havia me concedido e da dignidade de *nardac,* que fora investido.

Por fim, tomei uma decisão que será reprovada por algumas pessoas justiceiras. Se eu conhecesse melhor a índole dos ministros de Estado, que observei depois em muitas outras cortes, saberia que o seu método de tratar acusados menos criminosos do que eu me submeteria a um castigo suave. Como eu tinha o consentimento de Sua Majestade imperial para ir à corte de Blefuscu, me apressei para mandar uma carta ao meu amigo secretário, antes do prazo de três dias expirar, deixando-o ciente da decisão que tomei naquele momento de partir para Blefuscu. Não aguardei respostas e fui direto para a costa da ilha onde estava a esquadra. Arranjei um grande navio de guerra, prendi um cabo à proa e fui levantando as âncoras. Tirei minhas roupas (e a manta que trazia no braço) e coloquei sobre o navio, trazendo-o atrás de mim, ora navegando, ora nadando. Sem demora, cheguei ao porto real de Blefuscu, onde o povo já esperara por mim.

Me deram dois guias para me levar à capital de mesmo nome. Segurei-os em minhas mãos até chegar a duzentos metros dos portões da cidade e pedi que avisassem sobre a minha chegada a um dos secretários de Estado e que deixassem esclarecido que eu aguardava as ordens de Sua Majestade.

Uma hora depois, recebi a notícia de que Sua Majestade, acompanhado de toda a comitiva, vinha me receber. Logo após, o rei e a comitiva desceram de seus cavalos; a rainha e as aias saíram de suas carruagens, e não notei que a minha presença os assustava. Me deitei no chão para beijar as mãos do rei e da rainha. Disse a eles que vim, cumprindo a minha promessa, para ter a honra de visitar tão poderoso imperador e oferecer todos os serviços que dependessem de mim.

Não vou entediar o leitor com os detalhes da minha recepção, que foi muito generosa, nem com os incômodos que passei devido à escassez de uma casa e de uma cama, sendo obrigado a dormir no chão embrulhado na minha manta.

Três dias depois da minha chegada, fui passear por curiosidade pela costa nordeste da ilha e descobri, a quase três quilômetros no mar, uma coisa que parecia um barco, de cabeça para baixo. Tirei os sapatos e as meias e, caminhando pela água por quase cem metros, reparei que o objeto se aproximava com a força da maré e então vi que era um bote e pensei que poderia ter saído de um navio por conta de alguma tempestade; retornei depressa à cidade e pedi à Sua Majestade que me emprestasse vinte dos maiores navios que tinham sobrado da derrota de sua esquadra e três mil marinheiros, com ordens de um vice-almirante.

Os navios içaram as velas e seguiram seu rumo, enquanto eu me dirigia pelo caminho mais curto da encosta. Quando chegamos perto, notei que a maré tinha aproximado o bote da terra. Nessa hora, entrei na água e nadei até alcançá-lo; os marinheiros lançaram uma corda para que eu amarrasse em um buraco no barco, e amarrei a outra ponta em um navio de guerra; mas não consegui continuar, porque estava quase me afogando. Então, comecei a nadar atrás do barco e a empurrá-lo a favor da maré, até que consegui achar o fundo. Descansei durante uns três minutos e, em seguida, amarrei outros cabos trazidos por um dos navios ao bote; os marinheiros me auxiliaram, avançamos até chegar a quarenta metros da margem e, como o mar recuou, alcancei o bote. Com o auxílio de dois mil homens, além de cordas e máquinas, conseguimos virá-lo, então notei que ele estava um pouco danificado.

Levei dez dias para fazer o bote entrar no porto de Blefuscu; uma multidão se formou para observar a enorme e maravilhosa embarcação. Contei ao rei que a minha boa sorte me fez encontrar aquele bote para me transportar a qualquer outro ponto, no qual eu poderia voltar à minha terra natal, e pedi a Sua Majestade que me desse permissão para deixar aquele país.

Eu estava surpreso, porque, desde minha partida até aquele momento, o imperador de Lilipute não havia mandado ninguém para me encontrar. Contudo, descobri que Sua Majestade imperial, ignorando que eu estava sabendo sobre os decretos, imaginou que eu tinha ido a Blefuscu com intuito de cumprir minha promessa, conforme tinha autorizado, e que eu voltaria em breve. Mas logo minha ausência o deixou em alerta, então se reuniu com a corte, e decidiram enviar uma pessoa com uma cópia dos artigos do processo contra mim.

O mensageiro de Lilipute tinha instruções para falar com o ao soberano de Blefuscu, dizendo que, se eu não regressasse no prazo de dois dias, seria despojado do meu título de *nardac* e declarado réu de alta traição. Acrescentou que, para manter a paz e a amizade entre os dois países, esperaria que o rei de Blefuscu desse ordem para me reconduzir a Lilipute, com pés e mãos amarrados, para ser punido como traidor.

O rei de Blefuscu solicitou três dias para refletir sobre o assunto e enviou uma resposta muito sensata e prudente, informando que, quanto a me enviar amarrado, isso seria uma coisa impossível; que, embora eu fosse agressivo com a esquadra, reconheceria ós bons serviços que eu prestara com relação ao tratado de paz; disse que em breve eu iria partir, porque encontrara na margem um navio capaz de me levar embarcadó; e deu ordem para que o preparassem conforme as minhas indicações e aproveitando o meu auxílio, de maneira que esperava, no prazo de algumas semanas, que os dois países ficassem livres de um fardo insuportável.

O mensageiro retornou a Lilipute com essa resposta, e o soberano de Blefuscu me contou tudo o que havia se passado, oferecendo, em segredo, a sua graciosa proteção se eu quisesse ficar. Ainda que acreditasse na sua sincera proposta, resolvi nunca mais me entregar às mãos de nenhum imperador nem de nenhum ministro; por essa razão, depois de a Sua Majestade ter se manifestado pelas suas simpáticas intenções, eu humildemente pedi que me desse permissão para me retirar, dizendo que, visto a boa ou má sorte de ter encontrado um barco, eu decidi me entregar ao oceano antes que houvesse uma manifestação de rivalidade entre aqueles dois poderosos soberanos. O rei não se mostrou ofendido com o meu discurso, e eu descobri que ele tinha ficado muito contente com a minha decisão, assim como a maior parte dos seus ministros.

Acabei partindo mais cedo do que planejava, e a corte, que desejava a minha saída, contribuiu com prontidão. Quinhentos operários foram empregados na fabricação de duas velas para o meu barco, segundo as ordens, dobrando em treze o tecido mais grosso que havia lá e acolchoando-o. Fiquei com a tarefa de fazer cordas e cabos, juntando dez, vinte ou trinta dos mais fortes que eles tinham. Com sorte, encontrei uma grande pedra perto da praia, após uma busca intensa, que me serviu de âncora; e a gordura de trezentos bois serviu para engraxar o bote e para outros usos. Tive um trabalho custoso em cortar as maiores árvores para fazer remos e mastros, no que, contudo, fui auxiliado pelos carpinteiros dos navios de Sua Majestade.

Decorrido quase um mês, quando tudo estava pronto, fui conversar com o rei para receber as suas ordens e, ao mesmo tempo, me despedir. O rei, acompanhado da família e da corte, saiu do palácio. Me deitei de bruços para ter a honra de lhe beijar a mão, que ele me estendeu muito graciosamente, assim como a rainha e os jovens príncipes. Sua Majestade me presenteou com cinquenta bolsas contendo duzentos *sprugs* cada uma, com o seu retrato em tamanho natural, que logo coloquei nas minhas luvas para não estragarem.

Embarquei com cem bois, trezentos carneiros, pães e bebidas em grande proporção e certa quantidade de carne cozida, tanta quanto os cozinheiros puderam fornecer. Tratei de arranjar seis vacas e seis touros vivos e a mesma quantidade de ovelhas e cordeiros, com o objetivo de levar ao meu país para reproduzir a espécie; me abasteci também de feno e trigo. Eu queria levar comigo seis habitantes do país porém o rei não consentiu e, além de realizar uma minuciosa averiguação nos meus bolsos, Sua Majestade me fez jurar que não levaria nenhum dos súditos.

Com tudo pronto, me lancei ao mar em 24 de setembro de 1701, às seis horas da manhã e, depois de ter navegado vinte quilômetros para o norte, notei que o vento estava a sudoeste. Às seis da tarde, descobri uma ilhota que se aproximava a três quilômetros para o nordeste. Continuei mais um pouco e ancorei na lateral da costa da ilhota, que parecia desabitada. Bebi alguns refrescos e fui descansar. Dormi perto de seis horas, porque o dia começou a clarear duas horas depois que acordei. Almocei e, como o vento estava favorável, levantei a âncora e segui o mesmo rumo do dia anterior, guiado pela minha bússola portátil. Eu tinha a intenção, caso fosse possível, de visitar uma das ilhas, que acreditava situar-se ao nordeste da terra de Van Diemen.

Nesse dia não descobri nada; mas, às três horas da tarde e, segundo os meus cálculos, perto de cento e quinze quilômetros, enxerguei um navio que se dirigia para o sudoeste. Fui com toda a velocidade e, dentro de meia hora, o navio me avistou, hasteou sua bandeira e disparou um tiro de canhão.

É difícil expressar a alegria que senti com a esperança de chegar ao meu país e ver meus entes queridos. O navio afrouxou as velas e veio ao meu encontro entre as cinco e as seis horas da tarde do dia 26 de setembro. Fiquei animado ao ver a bandeira inglesa. Coloquei as vacas e os carneiros no bolso do casaco e subi a bordo com a minha pequena carga de animais. Era um navio mercante inglês que regressava do Japão pelos mares do norte e do sul, comandado pelo capitão John Bidell, de Depford, homem honrado e excelente marinheiro.

A bordo havia cinquenta homens, entre os quais encontrei um antigo camarada meu, Peter Williams, que me elogiou ao capitão. Essa boa criatura me proporcionou um magnífico acolhimento e perguntou de onde vinha e para onde iria, o que descrevi em poucas palavras. Ele achou que o cansaço e os perigos que eu corri haviam transtornado a minha cabeça, mas logo tirei do bolso as vacas e os carneiros, e ele ficou muito admirado, provando, assim, a veracidade do que eu acabava de narrar. Mostrei também as moedas de ouro que o imperador de Blefuscu me deu, o retrato em tamanho natural e muitas outras curiosidades do país. Dei a ele duas bolsas com duzentos *sprugs* e prometi que, chegando à Inglaterra, lhe daria de presente uma vaca e uma ovelha prenhes.

Chegamos a South Downs em 13 de abril de 1702. Uma pequena fatalidade aconteceu: os ratos do navio abateram uma das ovelhas. Desembarquei o resto do meu gado com excelente saúde e o deixei pastar no canteiro de um jardim onde se jogava um jogo, em Greenwich.

Durante o pouco tempo em que fiquei na Inglaterra, obtive razoáveis lucros ao mostrar os meus animais a várias pessoas de importância e até à gente do povo e, antes de empreender a minha segunda viagem, me desfiz deles por seiscentas libras. Após o meu último regresso, verifiquei que as espécies aumentaram de maneira considerável, principalmente os carneiros; esperava que tudo aquilo se revertesse em favor das nossas manufaturas de lã pela delicadeza dos pelos.

Permaneci apenas dois meses em companhia da minha esposa e dos meus filhos: a insaciável paixão por ver terras estranhas não deixava que eu ficasse muito tempo em minha terra. Entreguei à minha esposa mil e quinhentas libras e a instalei numa bela casa em Redriff; levei comigo o resto dos meus bens, uma parte em dinheiro e outra em mercadorias, com o intuito de aumentá-los. Meu tio John me deixou algumas umas terras perto de Epping, que rendiam trinta libras. Dessa forma, eu não corria o risco de deixar a minha família em situação de necessidade. Meu filho Johnny, a quem dei o nome de meu tio, estudava latim e frequentava o colégio; minha filha Betty (agora casada e com filhos) trabalhava com bordados. Me despedi de minha esposa e de meus filhos e, apesar de muitas lágrimas de ambas as partes, tive que seguir viagem.

Segunda Parte

Viagem a Brobdingnag

Dois meses depois da minha chegada, tive que deixar a minha terra natal e embarquei corajosamente em South Downs, no dia 20 de junho de 1702, a bordo do navio *Aventura:* navio mercante de trezentas toneladas, com o capitão John Nicholas no comando, da região de Cornualha para Surate. Tivemos um vento favorável até as alturas do Cabo da Boa Esperança, onde ancoramos para repor alguns mantimentos do navio, mas dias depois nosso capitão contraiu uma febre, e só pudemos sair do Cabo no final de março. Porém, chegando ao norte da ilha, os ventos que sopravam entre norte e oeste, de dezembro até maio, começaram a soprar com muita violência a oeste, em 29 de abril, durante vinte dias seguidos; e, nesse tempo, fomos forçados a nos locomover para o oriente das Ilhas Molucas.

Como o capitão John era muito experiente na navegação desses mares, ele nos deu ordem de nos prepararmos para sofrer uma terrível tempestade, que se expandiu soprando um vento do sul chamado monção. Temendo que o vento se tornasse forte, ferramos a vela de estai[1] e colocamos como capa para amarrar a mezena[2].

O navio estava ao largo, e percebemos que seria melhor tomar um vento favorável. Amarramos a mezena e esticamos as escotas[3]; o leme estava voltado ao vento, e o navio governava bem. Largamos a vela mestra, mas ficou rasgada com a violência do temporal. Em seguida, descemos a grande verga[4] a fim de a desamantilhar e cortamos todas as cordas. No mar agitado, as ondas se entrechocavam. Tiramos os parafusos e ajudamos o capitão, que não podia

---

1 Vela de estai: é a vela localizada à proa, em frente ao mastro vertical.
2 Mezena: a vela que se encontra no mastro.
3 Escotas: é um cabo usado para mover uma vela.
4 Verga: pode ser uma madeira ou um metal, apoiado ao mastro do navio no qual se prende uma vela.

governar sozinho. Não abaixamos o mastro, porque o navio se mantinha melhor correndo com o tempo, e estávamos convencidos de que prosseguiria o seu rumo mesmo com o mastro içado.

Percebendo que nos encontrávamos muito ao largo depois da tempestade, largamos a mezena e a vela mestra; em seguida largamos o velacho[5], a vela de estai e a gávea. O nosso rumo era leste-nordeste, e o vento era de sudoeste. Durante o temporal, que foi seguido por esse acelerado vento, fomos levados, segundo os meus cálculos, para mais de dois mil quilômetros sentido oriente, de modo que o mais velho e o mais experiente dos marinheiros não soube dizer em que parte do mundo nós estávamos. Entretanto, os nossos animais estavam bem, e nossa tripulação tinha boa saúde; porém, a água começou a faltar. Para nós era mais conveniente continuar na mesma rota em vez de voltarmos a norte, o que talvez tivesse nos levado até as paragens da Grande Tartária, que ficam mais para nordeste e no mar Glacial.

Em 16 de junho de 1703, um marinheiro descobriu terra do alto da gávea; em 17, vimos com clareza uma grande ilha ou um continente (pois não soubemos qual das duas coisas era), ao lado direito do qual havia uma pequena margem de terra que entrava pelo mar e uma enseada baixa para poder receber um navio com mais de cem toneladas. Lançamos âncora a quatro quilômetros dessa enseada; o nosso capitão mandou doze homens da sua equipe bem armados em uma pequena embarcação, com recipientes para água, caso encontrassem.

Pedi permissão para entrar nesse país e fazer algumas descobertas. Quando desembarcamos, não encontramos nem ribeira, nem fonte de água, nem vestígio de habitantes, o que fez com que o pessoal fosse até a margem para procurar água doce junto ao mar.

Quanto a mim, passeei sozinho, caminhei quase dois quilômetros dentro dessas terras e percebi que era apenas uma região seca e cheia de rochedos. Fiquei chateado e, como não vi nada que satisfizesse minha curiosidade, retornei com tranquilidade para a enseada. Avistei os nossos homens na chalupa[6], eles pareciam tentar, à força de remos, salvar a vida, e notei ao mesmo tempo que eram perseguidos por um homem enorme. Ainda que fosse pelo mar adentro, a água chegava até seus joelhos e dava espantosas pernadas; os nossos homens, porém, estavam três quilômetros à frente, e

---

5 Velacho: vela dos mastros da proa.
6 Chalupa: embarcação de pequeno porte a remo ou a vela.

como o mar nesse ponto era cheio de rochedos, o gigante não pôde alcançar a chalupa. Contudo, comecei a correr e escalei uma montanha, que me proporcionou o meio de avistar uma parte da região. Achei-a muito bem cultivada; mas o que a princípio me surpreendeu foi o tamanho da grama, que parecia ter mais de seis metros de altura.

Avancei por uma estrada que me pareceu ser uma pequena vereda que atravessando um campo de cevada. Por ali caminhei durante algum tempo, mas não conseguia ver nada, porque o tempo da colheita estava próximo e os trigos tinham a altura de doze metros. Andei com segurança por uma hora antes que conseguisse chegar ao final desse campo, que era protegido por grandes arbustos, de uns quarenta metros; quanto às árvores, essas eram tão grandes que não consegui calcular a altura.

Tentei encontrar alguma abertura entre os arbustos quando enxerguei, em um campo próximo, um dos habitantes do mesmo tamanho daquele que eu vira no mar perseguindo a chalupa. Era tão alto quanto uma torre de igreja, e cada pernada ocupava o espaço de dez metros. Fui tomado pelo medo e corri para me esconder no trigo, onde o vi parar perto de um dos arbustos, olhando de um lado para o outro e chamando com uma fortíssima e ressonante voz; o som era tão forte e tão elevado que, a princípio, julguei ser um trovão.

Logo, sete homens da sua estatura foram até ele, todos de foice empunhada, cada uma do tamanho de seis foices das usadas na Europa. Esses homens não estavam tão bem-vestidos como o primeiro e pareciam criados. Apenas receberam a ordem e dirigiram-se para o campo em que eu estava para ceifar o trigo. Me afastei o máximo que pude deles; mas eu me movia com dificuldade, porque os caules do trigo às vezes ficavam muito distantes uns dos outros, de maneira que quase era impossível caminhar naquela espécie de mata.

Contudo, fui para um local do campo onde a chuva e o vento tinham acamado o trigo; então, foi totalmente impossível ir mais além, porque os caules estavam tão entrelaçados que não havia meio de atravessá-los, e os ramos das espigas caídas eram tão fortes e tão agudos que me picavam através da roupa. Entretanto, percebi que os ceifadores estavam a uns cem metros de distância. Eu estava me sentindo completamente exausto, então deitei entre dois sulcos e esperei que meus dias acabassem ali, lamentando a minha viúva desolada e meus filhos, órfãos de pai; lastimando a minha loucura, que me fez entrar nessa segunda viagem contra a vontade de todos os meus amigos e familiares.

Nessa agitação, eu não podia deixar de pensar no país de Lilipute, cujos habitantes me haviam considerado como o maior prodígio que até então apareceu no mundo, onde era capaz de arrastar sozinho, com uma das mãos, toda uma esquadra e praticar outras ações maravilhosas; cuja memória será eternamente conservada nas crônicas daquele império, embora a geração futura não queira acreditar, mesmo sendo confirmadas por uma nação inteira. Talvez os liliputianos encontrassem alguma nação menor que eles, como me pareceram, e quem sabe se essa etnia de mortais não seria uma nação liliputiana em relação à de qualquer outro país que não descobrimos ainda? Eu estava refletindo que os seres humanos são mais selvagens e mais cruéis em proporção ao seu tamanho e, assim, eu poderia esperar ser um manjar na boca do primeiro daqueles gigantes que me pegasse.

Um dos ceifeiros se aproximou a dez metros do sulco em que eu estava encolhido, o que me fez desconfiar que, dando mais um passo, me esmagaria com o pé; foi por isso que, vendo-o prestes a levantar o pé e caminhar, comecei a soltar gritos de piedade quando o medo tomou conta de mim. Ele ficou me olhando durante um tempo com cuidado, como um homem que tenta agarrar um pequeno animal perigoso, de forma que não seja arranhado nem mordido, como eu já fiz algumas vezes na Inglaterra com uma doninha.

Por fim, o gigante decidiu me pegar pelas calças e me ergueu a um metro da sua vista, a fim de examinar o meu rosto com mais atenção. Adivinhei sua intenção e resolvi não me mexer, enquanto ele me suspendia no ar a quase vinte metros do chão; ainda que me apertasse nas nádegas, eu estava receando escorregar por entre os dedos. Tudo o que ousei fazer foi olhar para o céu, pôr as mãos em súplica e dizer algumas palavras num tom muito humilde e triste. Logo percebeu o meu estado, porque a todo momento temia que ele quisesse me esmagar; ele, no entanto, pareceu contente com a minha voz e os meus gestos e passou a me olhar como um objeto curioso, ficando bastante surpreendido ao me ouvir falar, mas eu continuei chorando, apontando para trás, fazendo ele perceber que estava me machucando. Pareceu ter compreendido a dor que eu sentia, porque ergueu uma aba do seu casaco me colocou carinhosamente dentro dela, depois foi em direção ao seu chefe, que era o único lavrador, o mesmo que eu tinha visto no campo.

O lavrador pegou um pedacinho de palha quase da grossura de uma bengala de uso comum e, com essa palhinha, ergueu as abas do meu casaco; soprou os cabelos para melhor ver meu rosto; chamou os criados e, conforme supus, perguntou se já tinham visto algum animal parecido comigo. Depois, me colocou com a máxima cautela no chão, de quatro, mas eu me levantei e caminhei de um lado para o outro, para dar a entender que não tinha a intenção de fugir. Todos se sentaram em volta de mim para observar os meus movimentos. Tirei o chapéu e cumprimentei o lavrador, me lancei a seus pés, levantei as mãos e a cabeça e emiti algumas palavras o mais forte que pude. Tirei do bolso um saco cheio de ouro e apresentei a ele, humildemente. Ele recebeu o saco na palma da mão e aproximou aos olhos para ver o que era e, em seguida, virou e revirou com a ponta de um alfinete que tirou de seu casaco, mas nada percebeu. Com isso, fiz sinal para que ele pusesse a mão no chão, peguei a bolsa, abri e espalhei todas as moedas de ouro na sua mão. Tinha seis moedas espanholas e umas trinta moedas menores. Vi ele molhar o dedo mindinho na língua e levantar uma das moedas maiores e logo outra; porém, percebi que ignorou por completo o que era, e indiquei que colocasse novamente dentro do saco para que eu guardasse no bolso.

O lavrador ficou convencido de que eu era uma criatura pensante. Quando abriu a boca, sua voz estremeceu meus ouvidos, mas as palavras eram claras. Respondi o mais alto que pude em várias línguas e muitas vezes ele aproximou o ouvido a dois metros de mim, mas não conseguia escutar nada. Depois, mandou os lavradores voltarem ao trabalho e puxou um lenço, dobrou em dois e colocou na mão esquerda, fazendo sinal para que eu saltasse para dentro, o que pude fazer com facilidade. Me pareceu certo obedecer, mas, com medo de cair, me deitei no lenço e me envolvi. Dessa maneira, fui levado até sua casa. Lá, ele chamou a esposa e me apresentou; ela, porém, soltou gritos horríveis e recuou como fazem as mulheres na Inglaterra ao ver um sapo ou uma aranha. Entretanto, após algum tempo, reparou em todos os meus modos e em como eu compreendia os sinais que o seu marido fazia, por isso começou a me tratar com mais delicadeza.

Era hora do almoço, então um criado pôs a refeição à mesa. O alimento era constituído de carne cozida dentro de um prato com o diâmetro aproximado de sete metros. A família do lavrador era formada pela esposa, os três filhos e a avó. Assim que se sentaram, o dono da casa me colocou a uma pequena distância dele, em cima da mesa que tinha uns nove metros de altura. Me posicionei o mais afastado possível da borda, com medo de cair. Sua esposa cortou uma porção de carne e de pão em um prato de madeira e pôs diante de mim. Fiz uma reverência muito humilde e, utilizando meu garfo e minha faca comecei a comer, o que lhes causou uma grande satisfação. A dona da casa mandou a criada buscar um pequeno cálice que tinha capacidade para mais de dois litros; depois, encheu com um líquido que parecia cidra. Ergui o cálice com grande dificuldade e, com um modo muito respeitoso, bebi à saúde dela, exprimindo em inglês o mais alto possível, o que fez com que todos dessem gargalhadas tão grandes que quase fiquei surdo. O lavrador fez um sinal para que eu ficasse ao lado do seu prato de madeira; mas, caminhando muito depressa, tropecei num pedaço de pão e caí de bruços, sem me machucar. Me levantei, notando que eles estavam preocupados, levantei os braços e soltei três vivas para provar que não tinha sofrido dano algum; indo para perto do meu dono (este é o nome que vou lhe dar). O filho mais novo, de mais ou menos dez anos, estava sentado perto dele e me agarrou pelas pernas, me levantando tão alto que todo o meu corpo estremeceu. O pai me livrou das suas mãos e ao mesmo tempo gritou tão forte que esse som seria capaz de derrubar um exército europeu, mandando ele sair da mesa.

Temendo que o pequeno ficasse zangado comigo, pois sei bem como são as crianças, sempre curiosas, fiquei de joelhos e pedi no mesmo instante ao pai, indicando que o filho me desculpasse. O pai assentiu, e o rapazinho retornou a seu lugar; então, fui até ele e beijei sua mão.

No meio do almoço, o gato favorito da esposa do meu dono saltou em seu colo. Ouvi atrás de mim um ruído semelhante ao de doze fabricantes de meias trabalhando, virei a cabeça e notei que era o gato que miava. Ele parecia três vezes maior do que um boi quando examinei a cabeça e uma das patas, enquanto a sua dona lhe dava de comer e lhe fazia carinhos. A ferocidade do focinho do animal me desconcertou completamente, embora eu estivesse a uma certa distância da mesa, uns quinze metros pelo menos, e, mesmo ela segurando o bichano, fiquei com medo de que ele saltasse em mim; mas não houve novidade e o gato me poupou. Os cães não me assustaram tanto. Entraram uns quatro e, entre eles, um mastim do tamanho de quatro elefantes e um galgo mais alto, mas menos corpulento.

Ao final da refeição, entrou uma ama de leite, trazendo ao colo uma criança de um ano que, assim que me viu, começou a berrar; não me custava nada acreditar que o som poderia ir da ponte de Londres até Chelsea. A criança me olhou como se eu fosse um boneco, chorava, porque me queria como um brinquedo. A mãe me pegou e colocou nas mãos da criança, que me levou à boca; ao me ver em tal situação, soltei vários gritos, e a criança, assustada, me deixou cair. Eu teria infalivelmente quebrado a cabeça se a mãe não me aparasse no avental. A ama sossegou a pequena com um chocalho do tamanho de uma pipa. Porém, isso não a sossegou, então a ama foi lhe dar de mamar. Isso me fez lembrar que ela era gentil como as damas inglesas.

Meu dono mandou chamar os ceifeiros e, pelos gestos, percebi que ele tinha encarregado a esposa de ter grande cuidado comigo. Me sentia muito cansado e com grande vontade de dormir. Percebendo isso, me colocou na sua cama e me cobriu com um lenço branco, muito mais largo do que a vela de um navio. Dormi por duas horas e sonhei que estava em casa ao lado da minha esposa e dos meus filhos, o que tornou maior a minha aflição quando, ao acordar, me encontrei sozinho em um quarto enorme de sessenta a noventa metros de comprimento por sessenta de altura, deitado numa cama com a largura de vinte metros. Minha ama saíra para tratar dos serviços da casa. A cama ficava à altura de oito metros do chão; contudo, certas necessidades naturais me forçavam a descer, mas não me atrevi a chamá-la; mesmo se tentasse, seria em vão.

Dois ratos escalaram as cortinas e começaram a correr pela cama; um se aproximou do meu rosto, e fiquei tão assustado que me levantei empunhando um sabre para me defender. Os animais tiveram o atrevimento de me atacar por dois lados, mas furei a barriga de um enquanto o outro fugiu. Eles eram do tamanho de um mastim, mas muito mais ágeis e ferozes. Se eu tivesse tirado o cinturão para dormir, teria sido rapidamente devorado pelos ratos.

Pouco depois, minha ama entrou no quarto e, quando me viu cheio de sangue, ficou desesperada. Apontei para o rato morto, sorrindo e fazendo sinais, dando a entender que não estava ferido, o que lhe causou alegria. Tentei fazê-la compreender que desejava muito ir para o chão, apontando também para a porta. A bondosa mulher percebeu e me levou até o jardim, onde me afastei uns duzentos metros, sinalizando para que não me olhasse, me escondi entre duas folhas e ali fiz o que o leitor facilmente adivinhará.

10

A senhora tinha uma filha de nove anos, criança muito inteligente e esperta para a sua idade. A mãe combinou com ela de adaptar a cama da boneca para mim antes que anoitecesse. Colocaram a cama em uma gaveta da mesinha de cabeceira e a penduraram em cima de uma prateleira, suspensa na parede, por causa dos ratos; e foi essa a cama em que dormi durante a minha permanência em casa de criaturas tão bondosas. A menina era tão habilidosa que fez seis camisas e outras espécies de roupas brancas com o tecido mais fino que encontrou (que era na verdade muito mais grosso do que o tecido para velas de navio), e ela mesma as lavava.

Ela também tinha dotes de professora e me ensinava o idioma do seu país. Quando eu apontava para alguma coisa, ela logo me dizia o nome, de maneira que, depois de um tempo, fiquei apto a pedir o que queria. Ela me deu o nome de Grildrig, palavra que significa aquilo que em latim se chama *homunculus*, os italianos dizem *homunceletino* e os ingleses *manikin*. Estávamos sempre juntos; eu a chamava de Glumdalclitch, ou mestrazinha; nunca me esquecerei de todos os cuidados e da afeição que ela me proporcionava. De todo o coração, espero que um dia eu consiga retribuir isso.

Todo o país já estava sabendo que meu dono encontrou um animal do tamanho de, talvez, um *splacnuck* (animal da região que devia ter um metro e oitenta) e com a mesma aparência de um ser humano, que imitava o homem em suas ações e parecia falar uma espécie de linguagem própria, que já sabia falar algumas palavras do idioma deles, que caminhava sobre os dois pés, era dócil e gentil, fazia tudo o que pediam, tinha os membros delicados e uma pele mais branca e mais fina do que a filha de três anos de idade de um nobre. Um lavrador, seu vizinho e amigo íntimo, veio fazer uma visita para verificar a veracidade do boato. Logo me chamaram e me colocaram em cima da mesa, onde caminhei como me ordenavam. Desembainhei e embainhei minha espada, cumprimentei o rapaz, perguntei, na língua do seu país, como ele estava, dei as boas-vindas, enfim, segui todas as indicações da minha pequena professora. Esse homem de idade avançada colocou os óculos para me ver melhor, e essa ação me proporcionou uma grande gargalhada. As pessoas da família, quando descobriram o motivo da minha alegria, também começaram a rir. O velho, porém, era tão bobo que não se ofendeu com isso. Tinha a fama de mão-de-vaca, e isso foi confirmado pelo conselho que ele deu ao meu dono, dizendo que poderia ganhar dinheiro comigo com um espetáculo em qualquer dia de feira, na cidade próxima, a trinta e cinco quilômetros de distância da nossa casa. Parecia que falavam a meu respeito, pois conversavam em segredo e algumas vezes olhavam e apontavam para mim.

Na manhã do dia seguinte, Glumdalclitch, a minha jovem ama, confirmou as minhas suspeitas e me contou sobre toda a conversa que teve com a mãe. A pobre pequena chorou e tinha medo de que alguma coisa acontecesse comigo, que me pisassem, me espremessem ou talvez que os homens mais fortes e brutos me esmagassem ao me segurar. Ela gostava de mim por ter caráter e ser muito delicado em tudo, ficava incomodada ao me ver exposto por dinheiro para a curiosidade do povo. Dizia que o pai e a mãe tinham prometido que Grildrig seria tudo para ela, porém viu que foi enganada, como haviam feito no ano passado, quando deram a ela um cordeiro e depois de um tempo ele foi vendido a um açougueiro. Quanto a mim, posso dizer que senti menos pesar do que a minha pequena dona. Compreendi que eles tinham muita esperança em mim, nunca me abandonariam, e eu poderia recuperar a minha liberdade algum dia.

Meu dono, conforme a opinião do lavrador, me colocou em um caixote e, no dia da feira, fomos para a cidade próxima com a filha. O caixote era todo tapado e tinha apenas alguns buracos para o ar entrar. A minha amiguinha teve o cuidado de colocar lá dentro a cama da sua boneca, porém fui sacudido durante toda a viagem, que durou apenas meia hora. O cavalo devia andar uns doze metros a cada galope e corria de tal maneira que o balanço era o mesmo de um navio na tempestade; o caminho era um pouco mais comprido do que a distância de Londres a Saint-Albans. O meu dono desceu do cavalo perto de uma hospedagem onde costumava ficar e, depois de conversar um pouco com o hospedeiro e fazer alguns preparativos necessários, alugou um *grultrud*, ou pregoeiro público, para chamar a atenção de toda a cidade para um animal raro, que se poderia ver na hospedagem da Águia-Verde, que era menor do que um *splacnuck* e parecido com um ser humano, que podia pronunciar muitas palavras e formar muitas frases divertidas.

Fui colocado sobre uma mesa na maior sala da hospedagem, que tinha quase noventa metros quadrados. A garotinha se mantinha de pé em um tamborete perto da mesa para tomar conta de mim e me dar instruções sobre o que eu deveria fazer. O meu dono, para evitar a multidão e a desordem, não permitiu que entrassem mais de trinta pessoas para me ver. Andei de um lado para o outro em cima da mesa, seguindo as indicações da menina. Ela me fez algumas perguntas, que ao meu alcance respondi o mais alto que pude. Fiz mil cumprimentos, tomei um dedal cheio de vinho, que Glumdalclitch me deu como copo. Desembainhei a espada como fazem os esgrimistas da Inglaterra. Minha dona me deu uma haste de palha, e fiz nela alguns exercícios que aprendi na infância. Nesse dia, fui apresentado doze vezes e obrigado a repetir sempre a mesma coisa, até que estivesse cansado. As pessoas que me viram fizeram tantas referências a meu respeito que o povo quis forçar as portas para entrar.

Meu dono não deixou ninguém tocar em mim e, para me preservar de qualquer acidente, enfileirou vários bancos em volta da mesa, a uma distância que me colocava fora do alcance do espectador. No entanto, um pequeno e mal-intencionado estudante arremessou uma noz na minha cabeça, que por pouco não me atingiu; foi arremessada com tanta força que, se o golpe não tivesse falhado, iria me saltar os miolos, pois era quase tão grande como um melão; fiquei feliz ao ver que o garoto foi posto para fora da sala.

Foi solicitado ao meu dono que anunciasse que no dia seguinte pretendia fazer mais espetáculos, entretanto, tive um modo de transporte mais cômodo, visto que fiquei muito cansado com a primeira viagem e, fazendo graças por oito horas consecutivas, estava quase sem poder andar e sem voz. Para concluir, quando voltamos para casa, os nobres das vizinhanças ficaram sabendo de mim e foram até a casa do meu dono. Houve um dia em que apareceram mais de trinta com as mulheres e os filhos, porque, nesse país, assim como na Inglaterra, havia muitos nobres desocupados.

Analisando o proveito que poderia tirar de mim, meu dono resolveu me expor nas cidades mais importantes do reino. Quando conseguiu todas as coisas necessárias para uma longa viagem, se despediu da esposa e, em 17 de agosto de 1703, aproximadamente dois meses depois da minha chegada, partimos em direção à capital, situada no centro desse império, a quase dois mil e quinhentos quilômetros de distância.

Sua filha ficou na garupa atrás dele e me colocou em uma caixa presa em volta do seu corpo.

A vontade dele era me expor pelo caminho, em todas as cidades, vilas e aldeias importantes e percorrer até os lares da nobreza. Fizemos jornadas curtas, de apenas trezentos e oitenta ou quatrocentos e oitenta quilômetros, porque Glumdalclitch, de propósito, para evitar meu cansaço, se queixou dizendo que estava dolorida com o galope do cavalo. Atravessamos seis rios mais largos e mais profundos que o Nilo e o Ganges, e quase não havia riacho que não fosse maior do que o Tâmisa na ponte de Londres. Demoramos três semanas nessa viagem, e fui exibido em dezoito grandes cidades, sem contar várias aldeias e muitas casas particulares da província.

No dia 26 de outubro, chegamos à capital, chamada naquela língua de *Lorbrulgrud* ou o Orgulho do Universo. Meu dono alugou uma casa na principal rua da cidade, pouco afastada do palácio real, e distribuiu, conforme costumava fazer, panfletos contendo uma minuciosa e atraente descrição da minha pessoa e das minhas habilidades. Alugou uma grande sala de noventa a cento e vinte metros de largura, onde colocou uma mesa com dezoito metros de diâmetro, em cima da qual eu deveria desempenhar o meu papel, e cercou-a de paliçadas para evitar que eu caísse.

Foi em cima dessa mesa que me exibiu dez vezes por dia, para grande espanto e satisfação de todo o povo. Então, aprendi a falar a sua língua e entendia perfeitamente tudo o que diziam de mim; além disso, aprendi o seu alfabeto e podia, embora com certa dificuldade, ler e explicar os livros, porque Glumdalclitch me deu lições na casa de seu pai e, nas horas de descanso, no decorrer da viagem, trazia um livro no bolso, um pouco maior do que um volume de atlas, livro para uso das crianças e que era uma espécie de catecismo resumido, utilizando-o para me ensinar as letras do alfabeto e a interpretação das palavras.

Certa vez, um *sardral*, ou escudeiro do rei, deu ordem ao meu dono de me levar imediatamente à corte para o divertimento da rainha e de todas as damas. Algumas dessas damas já haviam me visto e fizeram elogios sobre meu gracioso jeito e minha inteligência.

Sua Majestade e a comitiva ficaram extremamente encantadas com o meu jeito. Me ajoelhei e pedi graciosamente para beijar os pés imperiais; a rainha, porém, me apresentou o seu dedo mindinho, que alcancei com os meus dois braços e, com o máximo respeito, os meus lábios. Eles me fizeram perguntas gerais sobre o meu país e as minhas viagens, que respondi o mais claro possível. Com poucas palavras, me questionou se eu ficaria satisfeito em viver na corte; fiz uma grande reverência até tocar na mesa em que me colocaram e respondi que adoraria trabalhar para Sua Majestade.

Pedi à rainha que me concedesse a permissão de que Glumdalclitch fosse admitida e continuasse a ser minha governanta. Sua Majestade aceitou, assim, o lavrador ficou contente em ver a filha na corte. Quanto à menina, não conseguia esconder sua felicidade. Meu dono foi embora e disse ao partir que me deixava em um bom lugar. Retribuí com um aceno.

A rainha notou a minha frieza devido ao cumprimento e à despedida do lavrador e me perguntou o motivo. Respondi à Sua Majestade dizendo que só estava feliz por ele não ter me esmagado nos seus campos; tudo o que eu devia a ele foi bem pago com o proveito que ele havia tirado de mim. Esse meu discurso teve diversos erros, mas a rainha bondosamente desculpou os defeitos da minha fala e ficou surpreendida por um pequeno ser humano ter bom senso, me segurou e de imediato foi até o rei, que estava em seu escritório.

O rei estava muito sério e com a face rígida, não reparou que ela estava me segurando e perguntou à rainha quando ela se tornou protetora de um *splacnuck* (inseto). Porém, a rainha me colocou delicadamente sobre a escrivaninha do rei e ordenou que eu mesmo me apresentasse. Glumdalclitch ficou do lado de fora do escritório, mas como não conseguia ficar muito tempo sem mim, entrou na sala e começou a contar sobre como fui encontrado. O rei, mais sábio do que todos dos seus Estados, havia estudado filosofia e matemática. Entretanto, quando viu de perto o meu tamanho, antes que eu começasse a falar, não acreditou no que estava vendo; mas, quando escutou os sons que eu emitia, ficou espantado.

Mandou chamar três sábios que estavam a serviço da corte (segundo o admirável costume desse país). Esses cavalheiros me examinaram de perto e discutiram a meu respeito. Eles opinaram que eu não conseguiria me cuidar sozinho, porque mal podia subir em uma árvore ou cavar a terra para fazer buracos onde pudesse me esconder, como os coelhos. Examinaram meus dentes e disseram que eu poderia ser um animal carnívoro. Um desses filósofos foi mais longe: disse que eu era um embrião. Essa opinião foi rejeitada pelos outros dois, pois observaram que os meus membros eram completos e que já tinha vivido muitos anos, o que pareceu evidente na minha barba, cujos pelos descobriram com um microscópio; não quiseram confirmar que eu era um anão, pois meu tamanho não se comparava com o anão da rainha. Após uma grande discussão, concluíram que eu não passava de um *relplum scalcath*, o que, literalmente, queria dizer *lusus naturae*[7], conforme a filosofia moderna da Europa. Imediatamente, tomei a liberdade de dizer algumas palavras.

Fui até a Sua Majestade e contei que eu vinha de uma região em que a minha espécie possuía milhões de indivíduos, que os animais, as árvores e as casas eram proporcionais ao meu tamanho e onde eu me sentia em condições de me defender e encontrar o meu sustento, do mesmo modo que os cidadãos de sua cidade. Após essa resposta, os filósofos riram com desdém e informaram que o lavrador tinha me ensinado a decorar falas e que estava com tudo na ponta da língua. O rei, que tinha um espírito mais esclarecido, despediu os sábios e mandou chamar o lavrador, que ainda não tinha saído da cidade. Conversou com ele em particular e, em seguida, comigo e com Glumdalclitch. Sua Majestade acreditou no que eu disse. Pediu para que a rainha desse ordem para que tivessem um cuidado especial comigo e que me deixassem sob a proteção de Glumdalclitch, ao notar que tínhamos uma grande amizade. A rainha ordenou ao seu carpinteiro que fizesse uma caixa

---

7 Piada, ou brincadeira, da natureza.

que pudesse me servir de quarto, conforme o modelo que eu e Glumdalclitch trouxemos. O homem, que era um artesão muito hábil, fez em três semanas um quarto de madeira com cinco metros de largura e quatro de altura, com janelas, uma porta e dois aposentos. Outro operário excelente, conhecido pelas curiosas bugigangas que fabricava, fez duas cadeiras de um material parecido com marfim e duas mesas com um armário para eu guardar as minhas roupas; em seguida, a rainha mandou procurar com os mercadores os tecidos mais finos para fazer roupas para mim.

A rainha gostava tanto da minha presença que não podia jantar sem mim. Havia uma mesa colocada sobre aquela em que Sua Majestade comia, com uma cadeira para eu me sentar. Glumdalclitch permanecia de pé sobre um tamborete perto da mesa para poder tomar conta de mim. Certo dia, no jantar, o rei queria conversar comigo, me fazendo perguntas relacionadas a costumes, religião, leis, governo e literatura da Europa, às quais eu respondi como pude. Ele era tão inteligente que fez reflexões e observações muito sensatas sobre tudo o que eu lhe disse; se referindo a dois partidos que dividem a Inglaterra, me perguntou se eu era *whig* ou *tory*; depois, se virando para o seu ministro, que estava atrás dele, empunhando um bastão branco tão alto como o mastro do Soberano Real, disse:

— Como a grandeza humana pouco vale, já que até os insetos também têm a ambição pelas classes e distinções entre si! Inventam pequenas tocas, gaiolas, caixas, que chamam de palácios e casas; equipagens, lutas, títulos, empregos, funções, paixões, como nós. Entre eles se amam, se odeiam e se traem, como aqui.

Era assim que Sua Majestade filosofava. Na ocasião em que falou da Inglaterra, eu me sentia confuso e indignado de ver a minha pátria, a senhora das artes, a soberana dos mares, o árbitro da Europa, a glória do Universo, ser tratada com tanto desprezo.

Não havia nada que me ofendesse e me incomodasse mais do que o anão da rainha, que, sendo de uma estatura até então não vista naquele país, ficou frustrado na presença de um homem muito menor do que ele. Me olhava com rancor e zombava do meu tamanho; me vinguei o tratando como irmão. Certo dia, durante o jantar, o maldoso anão, aproveitando que todos estavam distraídos, me pegou pela barriga e me deixou cair dentro de uma tigela de leite. Fiquei apenas com as orelhas de fora e, se não fosse um excelente nadador, poderia ter morrido afogado. Glumdalclitch, nessa ocasião, estava do lado de fora da sala. A rainha ficou tão abalada com esse acidente que nem pensou em me ajudar; mas a minha pequena governanta correu e me tirou de dentro da tigela, depois de eu ter bebido mais de meio litro de leite. Me colocaram na cama; entretanto, só lamentei a perda da minha roupa, que ficou toda molhada. Fiquei feliz em ver o anão levando um castigo.

Farei agora uma rápida descrição sobre esse país. Toda a dimensão do reino é de mais de quatorze mil quilômetros de comprimento e de doze mil de largura. Disso concluo que os nossos geógrafos da Europa se enganam quando julgam que apenas existe mar entre o Japão e a Califórnia. Imaginei sempre que deveria haver daquele lado um grande continente para servir de ligação ao grande continente da Tartária.

Devem então corrigir os mapas e juntar essa vasta área do país à parte nordeste da América; e, para isso, estou disposto a auxiliar os geógrafos com o que aprendi. Esse reino é quase uma ilha, terminada ao norte, cercada de montanhas, que têm mais ou menos cinquenta quilômetros de altitude, de onde não é possível se aproximar por causa dos vulcões.

Os mais sábios ignoram que existam espécies de mortais que habitam além dessas montanhas. Não há porto algum nesse reino, e os locais da costa onde os rios se encontram com o mar são tão cheios de rochedos altos e pontiagudos, e o mar está sempre tão agitado, que não há quase ninguém que se aventure por ele, de maneira que esses povos são excluídos de todo o comércio com o resto do mundo. Nos grandes rios, habitam belos peixes; assim, raramente se pesca no oceano, porque os peixes do mar são do mesmo tamanho que os da Europa e, com relação a eles, não merecem ser pescados. No entanto, apanham-se às vezes, na costa, baleias com que aquele povo se sustenta e se delicia. Vi uma dessas baleias, tão grande que um homem daquela região mal a podia levar nas costas. Às vezes, por curiosidade, trazem-nas em cestos a Lorbrulgrud; vi um pedaço num prato à mesa do rei.

A região é muito povoada, porque tem cinquenta e uma cidades. Para satisfazer a curiosidade do leitor, basta dar a descrição de Lorbrulgrud. A cidade fica situada sobre um rio que a atravessa e a divide em duas partes quase iguais. Contém mais de oitenta mil casas e perto de seiscentos mil habitantes; tem de comprimento três *glomglungs* (que são cerca de oitenta e seis quilômetros) e dois e meio de largura, segundo a medida que tomei sobre o mapa real, levantado por ordem do rei, que foi estendido no chão de propósito para eu ver, e tinha trinta metros de comprimento.

O palácio do rei é um edifício bastante irregular: um amontoado de edifícios que têm perto de onze quilômetros de comprimento. Os principais aposentos têm a altura de setenta e três metros, com uma largura proporcional.

Cederam uma carruagem para Glumdalclitch e para mim a fim de vermos a cidade, as praças e os monumentos. Suponho que a carruagem era quase um quadrado, como a sala de Westminster, porém não tão alta. Certo dia, paramos em diversas lojas, onde os mendigos, aproveitando a ocasião, se amontoaram junto das portinholas e me proporcionaram os mais horrorosos espetáculos que um inglês já viu. Como eram esquisitos, sujos, cheios de doenças e de tumores que, à minha vista, pareciam enormes, peço ao leitor que não fique chateado por não descrever as cenas, pois foram as piores de todas.

A rainha conversava muitas vezes comigo sobre minhas viagens, procurava todas as maneiras possíveis para me distrair quando me via triste. Certo dia, me perguntou se eu tinha facilidade para manejar uma vela ou um remo e se um pouco de exercício desse tipo não faria bem à saúde. Respondi que conhecia muito bem as duas atividades, porque, embora o meu emprego particular fosse o de cirurgião, isto é, médico da armada, fui muitas vezes obrigado a trabalhar como marinheiro, mas ignorava como era feito nesse país, onde o menor dos barcos se igualava a um navio de guerra de primeira ordem. Além disso, um navio proporcionado à minha estatura e às minhas forças não poderia flutuar por muito tempo naquelas águas, e eu não conseguiria governá-lo.

Sua Majestade me disse que, se eu quisesse, o seu construtor de navios poderia fazer um pequeno barco e escolheria um lugar apropriado em que eu pudesse navegar. O construtor de navios, seguindo as minhas indicações, construiu, no prazo de dez dias, um pequeno navio com todas as suas cordagens, capaz de conter muito bem oito europeus. Assim que o entregou, a rainha ordenou ao construtor que fizesse um tanque de madeira com o comprimento de noventa metros, a largura de quinze e a profundidade de três, o qual era bem encaixado para impedir que a água saísse. Foi colocado no chão, ao longo da parede, numa sala exterior do palácio: tinha uma torneira perto do fundo para deixar a água sair, e dois criados podiam abri-la a cada meia hora. Foi ali que remei para meu divertimento, tanto como para divertir a rainha e as suas damas, que sentiram grande prazer em ver a minha habilidade. Algumas vezes içava a vela, e o meu único trabalho era governar o leme enquanto as damas faziam vento com os leques; quando se cansavam, alguns pajens faziam o navio navegar com o seu sopro enquanto eu mostrava a minha agilidade a estibordo e a bombordo. Quando acabava, Glumdalclitch guardava o navio no seu quarto e suspendia-o em um prego para secar.

Durante esse exercício, ocorreu certo dia um acidente que quase me custou a vida, porque um dos pajens colocou o meu navio no tanque, e uma mulher da comitiva me levantou muito delicadamente para me colocar no navio; mas, ao escorregar de seus dedos, eu cairia da altura de doze metros, se não fosse detido por um grande alfinete que estava preso no avental da mulher. A cabeça do alfinete passou por entre a camisa e a cintura das calças e assim fiquei suspenso no ar pelas calças, até que Glumdalclitch veio me ajudar.

Outra vez, um dos criados, cuja função era mudar a água do meu tanque de três em três dias, foi tão desastrado que deixou cair na água uma enorme rã sem perceber. A rã esteve oculta até o momento em que embarquei; então, percebendo que tinha onde pousar, pulou no navio e o fez inclinar de tal maneira que por pouco não caí. Para evitar que o navio afundasse, usei um dos remos e a espantei para sair.

Recentemente, nesse reino, passei por uma situação perigosa: Glumdalclitch me deixou em seu quarto, saindo para fazer favores à rainha. Era verão, portanto as janelas do quarto estavam abertas; enquanto eu estava sentado perto da mesa, ouvi uma coisa entrar pela janela e pular de um lado para outro. Mesmo um pouco assustado, tomei coragem de olhar para baixo, sem me levantar da cadeira; vi o animal pulando e, de repente, se aproximando da minha caixa. Percebi que era um macaco, ele olhou para dentro dela e em todas as direções; fiquei com tanto medo que nem pensei em ir para debaixo da cama, como poderia ter feito rapidamente.

Depois de muitas caretas, ele olhou para mim, e eu comecei a correr para me esconder. A cena parecia um gato correndo atrás de um rato, porém ele me puxou pela aba do casaco (que era o tecido mais grosso e forte do reino), me agarrou com a mão direita e segurou como uma ama segura uma criança para amamentar. Quando comecei a me debater, ele me apertou com tanta força que pensei que a melhor solução seria ficar calmo e esperar que me soltasse. O macaco deve ter achado que eu era de sua espécie, porque começou a acariciar meu rosto. Parou quando escutou um ruído na porta, como se alguém tentasse abri-la; imediatamente saltou pela janela e de lá para a beirada, caminhando sobre as duas patas, até que atingiu um telhado que ficava na continuação do nosso. Nesse instante, escutei Glumdalclitch gritar. A pobre moça estava desesperada, e toda aquela parte do palácio ficou alvoroçada. Os criados correram em busca de escadas; o macaco foi visto por muitas pessoas sentado no alto de um edifício, me segurando como uma boneca em uma mão e na outra me forçando a comer algumas carnes que tinha encontrado no meio do caminho. Quando eu não queria comer, ele me batia, o que era motivo de gargalhadas para quem via lá de baixo. E tinham razão, porque a situação era engraçada.

Alguns atiraram pedras na esperança de fazer o macaco descer, mas foram proibidos disso, pois poderiam acertar a minha cabeça. Escadas foram montadas e muitos homens subiram nelas, mas logo, o macaco, apavorado, me deixou sobre um beiral. Então um dos criados de Glumdalclitch subiu e me colocou no bolso das calças. Depois, desceu as escadas com segurança. Estava quase sufocado com as coisas que o macaco tinha colocado na minha boca. A minha querida dona, porém, me deu um remédio para o estômago, que me aliviou. Me sentia tão fraco e dolorido pelos apertões do animal que precisei ficar de cama durante quinze dias. O rei e a corte ficaram preocupados comigo, todos os dias vinham me visitar para saber como estava. Algum tempo depois, foi decretado que seria proibida a posse de um animal desse gênero nos arredores do palácio. Na primeira vez que fiquei completamente restabelecido, me apresentei ao rei para agradecer todos os seus cuidados. Ele me deu a honra de conversar a respeito do acontecimento; eu disse que na Europa não havia macacos, exceto dois que tinham trazido de países estrangeiros e que eram tão pequenos que ninguém tinha medo, diferente daquele animal enorme (era, de fato, tão grande como um elefante). Ele me perguntou quais foram os meus pensamentos e reflexões enquanto estive nas mãos do macaco e desejou saber o que eu faria em tal situação no meu país. Se o medo tivesse me dado tempo para pensar em recorrer à minha espada, talvez eu tivesse feito algum ferimento que o obrigasse a se retirar mais depressa do que veio.

Pronunciei essas palavras num tom enérgico, como uma pessoa de grandeza e que tem sentimentos. No entanto, o meu discurso fez com que Sua Majestade desse uma gargalhada, o que me fez refletir sobre a tolice de um homem que tenta se esclarecer em presença dos que estão fora de todos os graus de igualdade ou de comparação; entretanto, o que então me aconteceu, vi muitas vezes na Inglaterra, onde um homenzinho se orgulha, se faz valer, se finge de importante e ousa parecer grande no reino porque tem algum talento.

Todos os dias eu era alvo de gargalhadas, e Glumdalclitch, embora gostasse de mim, falava para a rainha as bobagens que eu fazia, supondo que, ao contar, podia fazer Sua Alteza rir. Um dia, por exemplo, depois de descer da carruagem em passeio, eu estava acompanhado por Glumdalclitch, comecei a andar, havia esterco de vacas pelo caminho, e eu quis saltar para demonstrar minha agilidade; mas infelizmente saltei mal e caí exatamente no meio, de maneira que fiquei todo sujo. Me tiraram dali com dificuldade, e um dos criados me limpou o melhor que pôde com um lenço. A rainha e os criados, quando souberam daquela aventura, contaram a história por toda parte.

Eu costumava conversar com o rei três vezes por semana e às vezes quando o barbeavam, o que, a princípio, me fazia tremer: a navalha do barbeiro era quase o dobro do tamanho de uma foice. Sua Majestade, como era o costume de seu país, só se barbeava duas vezes por semana. Certo dia, pedi ao barbeiro alguns pelos da barba do rei. Para fazer algum acessório com eles, peguei um pedaço pequeno de madeira e, furando com a ponta de uma agulha e com habilidade, prendi os pelos nos buracos e fiz um pente, o que foi muito bom, porque o meu estava quebrado e não consegui encontrar na região um artesão que o soubesse fabricar.

Me lembrei de uma situação parecida. Pedi a uma das criadas da rainha que guardasse os finos cabelos que caíssem da cabeça de Sua Majestade quando a penteasse. Juntei uma boa quantidade e, então, pedi conselhos ao marceneiro, que recebeu ordem para fabricar tudo aquilo que eu pedisse. Dei instruções para fazer duas poltronas do tamanho das que estavam na minha caixa, abrindo pequenos buracos com uma sovela fina. Quando os pés, os braços, as travessas e os encostos ficaram prontos, forrei o fundo com os cabelos da rainha, que passei pelos buracos, e fiz delas cadeiras parecidas com as de cana que usamos na Inglaterra. Presenteei a rainha com elas, que colocou num armário com curiosidade.

Certo dia, ela quis que eu me sentasse numa dessas cadeiras, mas eu me desculpei, afirmando que não era atrevido para colocar o traseiro sobre seus respeitáveis cabelos. Como era dotado de jeito para a mecânica, fiz em seguida com esses cabelos uma pequena bolsa bem talhada, com o comprimento aproximado de duas varas, com o nome de Sua Majestade tecido em letras douradas, que dei a Glumdalclitch, com o consentimento da rainha.

O rei apreciava música e muitas vezes dava concertos, aos quais eu assistia de dentro da caixa; porém, o som era tão alto que era quase impossível distinguir os acordes. Tenho certeza de que nem os tambores nem as trombetas de um exército real, rufando e soando perto dos meus ouvidos ao mesmo tempo, poderiam se igualar àquele ruído. Eu costumava colocar a caixa longe do lugar em que estavam os concertistas, fechava as portas, as janelas e as cortinas: com essas precauções, não achava a música desagradável.

Aprendi, na minha juventude, a tocar cravo. Glumdalclitch possuía um no seu quarto, onde, duas vezes por semana, um professor ia para ensiná-la. Certo dia, tive a ideia de divertir o rei e a rainha com uma melodia inglesa tocada nesse instrumento; porém, isso me pareceu extremamente difícil, porque o cravo tinha quase dezoito metros de comprimento e as teclas eram da largura aproximada de trinta centímetros, de maneira que, com os meus dois braços estendidos, não podia atingir mais do que cinco teclas e, além disso, para tirar alguns sons, tinha que dar fortes batidas. No entanto, tive uma segunda ideia: arranjei dois bastões com a grossura de um porrete e forrei suas extremidades com um pano para bater sobre as teclas e delas tirar alguns sons; me posicionei em um banco na frente do instrumento, onde subi, e então corri com toda a rapidez e agilidade possível sobre essa espécie de suporte, batendo aqui e ali sobre o teclado, utilizando os bastões com toda a força, de maneira que acabei por tocar uma melodia inglesa para grande alegria de Suas Majestades. Porém, preciso confessar que nunca fiz um exercício tão cansativo.

O rei, como já disse, era um monarca cheio de espírito e dava muitas vezes ordem para me trazerem na caixa e me colocarem na escrivaninha do seu escritório. Então, me pedia para que tirasse uma das cadeiras da caixa e me sentasse, de modo que ficasse no nível do seu rosto. Dessa forma, com frequência, conversei com ele.

Certo dia, disse a Sua Majestade que o desprezo que ele tinha pela Europa e pelo resto do mundo não seria bom para ele, que a minha inteligência não condizia com o tamanho do meu corpo, que, embora ele desse pouca importância para a minha figura, esperava poder prestar grandes serviços a ele. O rei me ouviu com grande atenção e me olhou de outro modo, avaliando a minha inteligência. Pediu para que eu fizesse uma descrição do governo da Inglaterra, porque, ainda que os reis estejam sempre prevenidos, ficaria satisfeito por saber se haveria alguma coisa no meu país que lhe fosse útil imitar.

Comecei dizendo a Sua Majestade que os nossos Estados eram constituídos por duas ilhas que formavam três poderosos reinos governados por um único soberano, sem contar as nossas colônias na América. Expliquei a ele como funcionava a administração do governo, como era nossa educação com relação às ciências e qual era a função dos bispos, cujo cargo era velar pela religião. Em seguida, descrevi os agentes da justiça, os que protegiam a população e puniam os crimes. Não deixei de falar de como nós administramos as finanças e de explicar sobre o valor e as viagens dos nossos guerreiros de mar e de terra. Não omiti nada em questão do meu país e terminei com uma pequena narração histórica das últimas revoluções da Inglaterra, de uns cem anos desde então. Essa conversa durou cinco reuniões, cada uma delas durando horas, e o rei ouviu tudo com a máxima atenção, escrevendo um resumo sobre o que eu dizia e marcando, ao mesmo tempo, os pontos sobre os quais queria me perguntar.

Assim que concluí esses meus longos discursos, na sexta reunião, Sua Majestade examinou as anotações e disse que tinha muitas dúvidas. Fez muitas perguntas, conversamos sobre tudo o que ele poderia saber. Estava admirado com o detalhamento que eu lhe fizera sobre nossas guerras e as despesas excessivas que exigiam. Era preciso, certamente, dizia ele, que nós fôssemos um povo bem inquieto e bem questionador ou que tivéssemos maus vizinhos.

— O que vocês têm a desbravar — acrescentou ele. — fora das ilhas? Possuem outro negócio que não seja o comércio? Pensam em fazer conquistas? E não lhes basta tomar conta dos portos e das costas?

Estava espantado ao saber que mantínhamos um exército no seio da paz e no meio de um povo livre. Disse que, se fôssemos governados com o nosso próprio consentimento, não podia imaginar que tivéssemos medo e contra quem usaríamos de violência. Riu muito da minha extravagante aritmética (como lhe coube chamar) quando computei o número dos nossos habitantes, calculando os diferentes grupos que vivem entre nós, com relação à religião e à política.

Ficara extremamente admirado com a narrativa que eu lhe fizera da nossa história do último século, que não passava, segundo ele, de revoluções e defeitos horrendos.

Sua Majestade, em outra audiência, quis recapitular tudo o que eu havia lhe dito, comparou as perguntas e respostas, depois, tomando-me nas mãos, fez um pronunciamento que nunca esquecerei, assim como não esquecerei o modo como ele falou:

— Meu querido amiguinho, *Grildrig*, fizeste um resumo extraordinário a respeito do teu país. Não me parece, por tudo que me disseste, que uma única virtude seja requerida para alcançar alguma função ou algum lugar eminente. Vejo que os homens não são honrados pela nobreza; os sacerdotes não avançam pela piedade ou pela ciência; os soldados, pelo seu comportamento ou pelo seu valor; os juízes, pela sua integridade; os senadores, pelo amor à pátria nem os homens de Estado pelo seu saber. Mas, quanto a ti, que passaste a maior parte da vida em viagens, quero acreditar que não tenhas os defeitos do teu país; mas, por tudo o que me disseste e pelas respostas que te obriguei a dar às minhas questões, suponho que a maioria dos teus compatriotas seja a espécie mais terrível de insetos que a natureza jamais suportou que rastejasse sobre a superfície da terra.

Eu prezava a verdade, mas isso não permitiu que eu terminasse minha conversa com o rei e também não deixou que eu o impedisse de falar quando vi o meu país ser tratado com tamanha injúria. Respondi à maior parte das suas perguntas e da maneira mais favorável que pude, porque, quando se trata de defender a minha pátria, eu me exalto.

No entanto, é necessário desculpar um rei que vive completamente separado do resto do mundo e que, por consequência, ignora os costumes das outras nações. Esse defeito de conhecimentos será sempre a causa de muitos preconceitos e de uma certa maneira limitada de pensar, como se as ideias de virtude e de vício de um rei estrangeiro e isolado fossem tidas como regras e máximas a serem seguidas.

Para confirmar o que acabo de dizer, vou relatar uma conversa que tive com o rei. Com o fim de agradar à Sua Majestade, contei a ele sobre uma descoberta feita há uns quatrocentos anos, um pequeno pó negro cuja minúscula faísca podia se acender num instante, de tal maneira que seria capaz de fazer montanhas irem pelos ares, com um ruído mais alto do que o do trovão; que certa quantidade desse pó, sendo colocada num tubo de bronze ou de ferro, conforme a grossura, fazia sair uma bala de chumbo ou de ferro com tanta velocidade que nada era capaz de sustentar a sua força; que esse pó, dentro de um globo de ferro evacuado por uma máquina, queimava; que eu conhecia a composição desse maravilhoso pó abundante e barato e que até poderia ensinar aos seus súditos o segredo, se Sua Majestade quisesse; e que, por meio desse pó, derrubaria as mais fortes muralhas da mais potentes cidades do seu reino, se alguma vez se revoltasse e alguém ousasse lhe causar resistência.

O rei, assombrado com a descrição que fiz dos terríveis efeitos do meu pó, parecia não compreender como um inseto impotente e fraco imaginaria uma coisa tão horrível, a qual eu descrevia de forma tão familiar que parecia olhar como se fosse algo insignificante.

— Era preciso — dizia ele. — que o seu inventor fosse um gênio mau, inimigo de Deus e das Suas obras.

Respondeu que, embora nada lhe agradasse mais do que as novas descobertas tanto da natureza quanto das artes, preferiria perder a coroa do que fazer uso dessa invenção, me proibindo, sob pena, de expor isso a qualquer um dos seus súditos. Esse é o doloroso efeito da ignorância e da fraqueza de espírito de um rei sem educação. Não digo isso com o intuito de rebaixar suas conquistas e sabedoria; mas tenho certeza de que isso era ignorância da sua parte.

A literatura desse povo é muito limitada e consiste apenas no conhecimento da moral, da história, da poesia e das matemáticas; porém, são excelentes nesses quatro gêneros.

O último dos citados conhecimentos só é aplicado por eles a tudo quanto seja útil, de maneira que o melhor da nossa matemática seria muito pouco apreciado por eles, e foi impossível fazer com que a compreendessem.

Nesse país não é permitido decretar uma lei que empregue mais palavras do que o número de letras existentes no alfabeto, que é composto de apenas vinte e duas; são poucas leis que possuem esse tamanho. São todas apresentadas em termos claros e simples, e esse povo não pode nem pensar em comentar sobre qualquer lei.

Possuem dificuldade com a arte de imprimir, como os chineses; as suas bibliotecas não são grandes; a do rei, que é mais numerosa, é constituída por apenas mil livros, enfileirados numa galeria de sessenta metros de comprimento, onde pude ver todos os livros que me interessavam.

O livro que tive, a princípio, curiosidade de ler foi colocado em cima de uma mesa sobre a qual me puseram; então, voltando o rosto para o livro, comecei pelo alto da página. Passeava por cima dele, para a direita e para a esquerda, cerca de dez passos, conforme o comprimento das linhas, e recuava à medida que caminhava na leitura das páginas. Começava a ler outra página pelo mesmo processo, depois a virava, o que com dificuldade pude fazer com as duas mãos, porque o papel era tão espesso e tão seco como papelão. O seu estilo é claro e suave, mas nunca florido. Percorri muitos livros, principalmente aqueles que diziam respeito à história e à moral. Uma vez li um velho tratado que estava no quarto de Glumdalclitch e que se intitulava: *Tratado da fraqueza do gênero humano*. O escritor descrevia em muitos detalhes o quanto o homem estava à mercê da atmosfera e da fúria dos animais ferozes, o quanto é ultrapassado por outros animais em força ou velocidade.

Desses raciocínios, o autor expunha diversas opiniões úteis à conduta da vida. Quanto a mim, não podia deixar de fazer reflexões sobre essa moral e sobre a tendência universal que têm todos os homens de se queixar da natureza e de exagerar os seus defeitos. Esses gigantes pensavam sobre si mesmos como pequenos e fracos. O que eu e meu povo seríamos então? Esse mesmo autor dizia que um homem não passava de um verme da terra e que a sua pequenez era humilhante.

— Ai! O que será que eu sou? — dizia para mim mesmo. — Eu, que estou abaixo de nada em comparação a esses homens que se consideram tão pequenos e tão insignificantes!

Esse mesmo livro demonstrava a vaidade do título de alteza e grandeza e o quanto era ridículo um homem (que tinha mais de quarenta metros de altura) ousar dizer que era alto e grande. O que pensariam os reis e os soberbos senhores da Europa — refletia eu, então — se lessem esse livro? Eles que, com um metro e sessenta e alguns centímetros, pretendem, sem cerimônia, que lhes deem o tratamento de alteza e de grandeza? Mas por que não exigiam também os títulos de grossura, largura e espessura? Ao menos poderiam inventar um termo geral para compreender todas essas dimensões e chamá-las de sua extensão.

A medicina e a cirurgia são muito cultivadas nesse país. Certo dia, entrei em um enorme edifício, onde pensei que era um arsenal cheio de balas e canhões: era a loja de um farmacêutico; as balas eram pílulas; e os canhões, seringas.

Com relação às questões militares, dizem que o exército do rei é composto de cento e seis mil homens na infantaria e de trinta e dois mil na cavalaria, um exército formado por negociantes e lavradores, cujos comandantes não são seus parentes. Estão sempre focados nos seus exercícios e têm uma disciplina magnífica. Tive curiosidade de saber por que o rei, cujos Estados são inacessíveis, achava necessário ensinar ao seu povo a prática da disciplina militar; mas logo soube a razão pelas conversas que tive sobre o assunto, porque, durante muitos séculos, foram atacados pela obsessão a que tantos outros governos estão sujeitos: a nobreza lutando pelo poder; o povo, pela liberdade; e o rei, pelo domínio absoluto. Essas coisas têm ocasionado a criação de grupos e causado guerras civis, então foram estabelecidas no reino, mantidas desde então para prevenir novas desordens.

Eu tinha em mente que algum dia eu seria libertado, mas não sabia como. O navio que me trouxe era o primeiro barco europeu que, ao que se sabe, conseguiu se aproximar dessa terra, e o rei deu ordens para que, se algum outro aparecesse, fosse puxado para terra, e toda a tripulação e passageiros fossem colocados numa carroça e levados para Lorbrulgrud.

Eu era tratado com muita bondade; o favorito do rei e da rainha e o agrado de toda a corte; mas estava numa situação que eu não queria. Não conseguia esquecer a minha família, desejava muito encontrá-los novamente, ver meus amigos, conversar de igual pra igual, andar pelas ruas sem medo de ser pisado ou ser o osso de algum cãozinho; porém, minha libertação chegou mais depressa do que eu esperava e de uma forma extraordinária. Vou detalhar ao leitor esse admirável acontecimento.

Havia dois anos que eu vivia nesse país. Quando estava completando três, Glumdalclitch e eu fazíamos parte da comitiva numa viagem que o rei e a rainha realizaram pela costa meridional do reino. Como sempre, me levaram na minha caixa de viagem, que era muito confortável, com a largura de quase quatro metros. Eu solicitei que colocassem uma maca suspensa de cordões de seda nos quatro cantos superiores da caixa, com intuito de amenizar as movimentações do cavalo, na qual um criado me levava, amarrado na cintura. Pedi ao marceneiro que fizesse na tampa uma abertura para que o ar entrasse, de modo que eu pudesse abrir e fechar por meio de uma corrediça.

Ao final da nossa viagem, o rei quis passar alguns dias em um palácio que tinha perto de Flanflasnic, cidade situada a trinta quilômetros da beira-mar. Glumdalclitch e eu estávamos muito cansados, e eu até um pouco resfriado; mas a pobre pequena estava tão doente que era obrigada a ficar sempre no quarto. Fiquei com vontade de ver o oceano. Quis parecer mais doente do que estava e pedi que me mudassem de lugar para respirar o ar do mar com um pajem que era simpático comigo. Nunca vou esquecer de como Glumdalclitch ficou brava, nem das lágrimas, nem da forma rude com que falou ao pajem para ter cuidado comigo, como se pressentisse o que iria acontecer. O pajem conduziu a caixa, se afastando quase dois quilômetros da região, para os rochedos à beira-mar. Solicitei a ele que me colocasse no chão e, levantando o caixilho de uma das minhas janelas, comecei a olhar com tristeza para o mar. Então, pedi ao pajem que me deixasse descansar na maca, pois estava com muito sono, e isso me aliviaria. O pajem fechou bem a janela, com receio de que eu sentisse frio; logo adormeci. Imagino que, enquanto eu dormia, o pajem, achando que não tinha nada a temer, escalou os rochedos em busca de ovos das aves marinhas. Dentro de pouco tempo, fui acordado por um solavanco tão violento que me senti no ar e, em seguida, caí com rapidez.

O solavanco quase me fez saltar para fora da maca, mas depois o movimento tornou-se mais suave. Gritei com toda a minha força. Olhei entre a abertura e só vi nuvens. Ouvi um terrível ruído por cima da cabeça, semelhante ao bater de asas. Então, percebi a perigosa situação em que estava e suspeitei de que alguma águia tivesse segurado o cordão da minha caixa com o bico, planejando deixá-la cair sobre algum rochedo, como uma tartaruga na casca e, em seguida, me tirar dali e me devorar, porque a habilidade e o olfato da ave permitiam que descobrisse a sua presa a uma grande distância, mesmo escondido na caixa, que tinha a espessura de cinco centímetros apenas.

Um tempo depois, notei que o ruído e o bater de asas aumentavam muito e que a caixa se movia para um lado e para outro; ouvi algumas pancadas que eram dadas na águia e, de repente, senti que estava caindo com muita velocidade, durante mais de um minuto.

A minha queda acabou em um terrível ruído que ecoou na minha cabeça como a catarata do Niágara; depois, tudo ficou escuro durante um minuto, e então a minha caixa começou a se elevar, de maneira que pude ver o sol por cima da janela. Percebi que tinha caído no mar e que a caixa flutuava. Acho que a águia foi perseguida por outras duas ou três, se intimidou e me deixou cair enquanto se defendia delas, que com certeza me disputavam. As chapas de ferro, colocadas por baixo da caixa, conservaram o equilíbrio e a impediram de se quebrar ao cair.

Ah! Como desejei que Glumdalclitch me socorresse desse inesperado acidente que tanto me afastara dela! Na verdade, posso dizer que, no meio das minhas desventuras, tinha saudades da jovem e pensava na tristeza que sentiria com a minha perda, bem como no sentimento da rainha.

Estou certo de que poucos viajantes tenham estado em situação tão triste como aquela, esperando a todo instante que a minha caixa se partisse ou pelo menos se virasse ao primeiro golpe de vento e fosse submersa pelas ondas; um vidro partido, e eu estaria completamente perdido. Não havia nada que eu pudesse fazer senão preservar a janela, que estava munida, pelo lado de fora, de arames muito fortes, que a protegiam contra os acidentes possíveis de uma viagem. Vi a água entrar na minha caixa por algumas fendas, que tratei de tapar do melhor jeito possível. Ah! Eu não tinha força para levantar a tampa da minha caixa, o que faria, se pudesse, para evitar ficar preso nessa espécie de porão.

Nessa crítica situação, ouvi, ou pensei ter ouvido, um ruído ao lado da caixa; logo comecei a imaginar que ela estava sendo puxada e de alguma forma rebocada, porque, em alguns momentos, sentia como que um esforço, que fazia subir as ondas até a altura das janelas, me deixando quase às escuras. Alimentei, então, algumas fracas esperanças de salvação, ainda que não pudesse imaginar de onde ela viria. Subi nas cadeiras, aproximei a cabeça de uma pequena abertura que havia na tampa da caixa e gritei pedindo socorro em todas as línguas que sabia. Em seguida, amarrei um lenço a uma bengala que tinha e, fazendo-a sair pela abertura, manejei-a muitas vezes no espaço a fim de que, se algum barco ou navio estivesse próximo, os marinheiros pudessem imaginar que dentro daquela caixa estava um ser humano indefeso.

Não notei que tudo isso tivesse dado algum resultado, mas constatei que a minha caixa se movimentava sempre para a frente. Dentro de uma hora, senti que me chocava contra alguma coisa dura. A princípio, temi que fosse um rochedo e fiquei muito inquieto. Então, ouvi com clareza um ruído sobre a tampa da caixa; depois, fui içado pouco a pouco, a quase um metro da posição original; ao notar isso, ergui ainda mais a bengala e o lenço, gritando por socorro até ficar rouco. Como resposta, ouvi saudações repetidas três vezes e fiquei eufórico; ao mesmo tempo, ouvi alguém andar sobre a tampa, que, em inglês, perguntou:

— Tem alguém aí?

— Sim! — respondi. — Sou um pobre inglês reduzido pela sorte à maior calamidade que até agora qualquer criatura tenha sofrido. Em nome de Deus, me salve desse sofrimento.

A voz me respondeu:

— Fique tranquilo, você não tem nada a temer. A caixa está segura ao navio, e o carpinteiro já vem para fazer um buraco e tirá-lo daí.

Respondi que isso era desnecessário e demorava tempo demais; que bastava que qualquer tripulante pusesse o dedo no cordão a fim de levar a caixa para fora do mar e colocá-la a bordo. Alguns dos que me ouviam falar assim imaginavam que eu era um pobre desajuizado; outros riam. Eu, apesar disso, não me lembrava de que estava tratando com homens do meu tamanho e da minha força. Apareceu o carpinteiro e, dentro de poucos minutos, fez uma abertura na tampa, com a largura de um metro, e me deu uma pequena escada pela qual subi. Entrei no navio em um estado de profundo cansaço.

Os marinheiros ficaram espantados e me fizeram mil perguntas, às quais não tive coragem de responder. Parecia estar entre gnomos, tanto que os meus olhos haviam se acostumado aos objetos monstruosos que acabara de deixar; mas o capitão, o senhor Thomas Wilcocks, homem de honra e de mérito da província de Shropshire, reparando que eu estava caindo de fraqueza, me mandou entrar em seu aposento, me deu um licor para me fortalecer e me fez deitar em sua cama, aconselhando que eu repousasse, pois precisava de descanso. Antes que adormecesse, disse-lhe que possuía preciosos móveis dentro da minha caixa, uma fina rede, uma cama de campanha, duas cadeiras, uma mesa, um armário, que o meu quarto era estofado de seda e algodão e que, se ele quisesse mandar algum homem da sua tripulação buscar o meu quarto, o apresentaria na sua presença e lhe mostraria os móveis. O capitão, ouvindo aqueles absurdos, julgou que eu estava louco; no entanto, para ser agradável, prometeu mandar fazer o que eu lhe pedia e, subindo ao convés, mandou alguns dos seus homens revistarem a caixa.

Dormi durante algumas horas, mas fiquei inquieto pensando na região que deixara e no perigo que correra. Contudo, ao despertar, estava muito disposto. Eram oito horas da noite, e o capitão ordenou que me dessem comida, supondo que eu estava em jejum por muito tempo. Me tratou com bondade, todavia, notando que eu tinha os olhos desvairados. Quando nos deixaram a sós, pediu que eu narrasse as minhas viagens e lhe explicasse o acidente que me deixara naquela grande caixa à mercê das ondas. Ele me disse que, por volta do meio-dia, viu a caixa de muito longe pela luneta e pensou que era um pequeno barco, com o qual queria se encontrar com o intuito de comprar bolachas, que estavam em escassez. Contou que, ao se aproximar, descobriu o seu engano e mandou o bote para verificar o que era; que seus homens tinham voltado bastante assustados, jurando que haviam visto uma casa flutuante; ele riu dessa bobagem e embarcou no bote, ordenando aos seus marinheiros que trouxessem um cabo; como o tempo estava sereno, depois de ter remado em volta da grande caixa, rodeando-a várias vezes, achou a janela.

Então, ordenou à sua gente que remasse e se aproximasse desse lado para amarrar um cabo a uma das argolas da janela a fim de rebocar a arca por meio de carretilhas, já que os marinheiros não davam conta. Perguntei se ele ou a tripulação não tinham visto águias no ar quando me acharam. Ele respondeu que, conversando sobre esse assunto com os marinheiros, um deles disse ter observado três águias que tomavam o rumo do norte; porém não tinha notado que fossem maiores do que o comum, o que é fácil supor. Em seguida, perguntei ao capitão a que distância supunha estar da terra; ele respondeu que, pelos melhores cálculos que pudera fazer, estávamos afastados quase quinhentos quilômetros. Garanti que ele estava completamente enganado em quase metade, porque não tinha deixado o país de onde eu vinha senão duas horas antes de cair ao mar. Minha observação o fez voltar a crer que o meu cérebro estava confuso, e aconselhou que eu voltasse a me deitar. Afirmei que me sentia bem-disposto depois da refeição e com a sua amável companhia e que estava mentalmente bem, tão perfeitamente como antes.

Ele me pediu para lhe dizer se eu não tinha a consciência perturbada por algum crime que tivesse cometido e pelo qual estivesse sendo punido por ordem de algum rei a ser trancado naquela caixa, como acontece aos criminosos de certos países, que são abandonados à mercê das ondas num navio sem velas e sem animais; e que, embora se sentisse arrependido por ter recolhido a bordo um malfeitor, dava a sua palavra de honra que me desembarcaria, com segurança, no primeiro porto que encontrasse. Acrescentou que as suas suspeitas tinham aumentado em virtude de alguns discursos absurdos que eu fiz a alguns marinheiros e, depois, a ele mesmo, com relação à minha caixa e ao meu quarto e pelos meus olhos cansados.

Pedi a ele que me ouvisse com paciência; contei com honestidade tudo desde a última vez que deixei a Inglaterra até o momento em que me descobriu. E como a verdade sempre abre um bom caminho, esse honesto e digno capitão possuía bom senso e ficou satisfeito com a minha boa-fé e sinceridade. Mas, além disso, para confirmar tudo quanto eu dissera, pedi a ele que desse ordem para trazerem o meu armário, cuja chave estava em meu poder. Assim, abri na sua frente e fiz com que ele examinasse todas as coisas curiosas que eu tinha recolhido do país. Entre outros objetos, havia o pente que eu fabriquei com os pelos da barba do rei; havia uma coleção de agulhas e de alfinetes com o comprimento de quarenta e cinco centímetros, um anel com o qual um dia a rainha me presenteou de uma forma muito cativante, tirando-o do dedo e colocando-o no meu pescoço, como se fosse um colar. Pedi ao capitão que aceitasse aquele anel como reconhecimento pelos favores oferecidos, mas ele recusou.

O capitão ficou muito satisfeito com tudo o que lhe contei e me disse que esperava, após o nosso regresso à Inglaterra, que eu escrevesse o relato das minhas viagens e o publicasse em livro. Respondi que já teriam muitos livros de viagens, que as minhas aventuras não passariam de um simples romance e de uma ridícula ficção, que o meu relato conteria apenas descrições de plantas e de animais extraordinários, de leis, de costumes e usos extravagantes, que essas descrições eram muito comuns e todos já estavam fartos delas, e que, não tendo outra coisa a dizer a respeito de minhas viagens, não valia a pena ter o trabalho de descrevê-las. No entanto, agradeci a opinião que formava a meu respeito.

Ele ficou admirado com uma coisa: de eu falar tão alto. Me perguntou se o monarca e a soberana daquele país eram surdos. Respondi que era uma coisa normal pra mim, pois havia mais de dois anos que eu falava alto para que me ouvissem com clareza. Declarei que notei outra coisa: a princípio, ao entrar no navio, quando os marinheiros estavam de pé junto de mim, me pareciam pequenos; que, durante a minha permanência naquele país, não podia me ver ao espelho desde que os meus olhos haviam se habituado a objetos grandes.

O capitão me disse, enquanto comíamos, que tinha notado que eu examinava as coisas com espanto e que, algumas vezes, parecia que eu fazia esforços para não soltar uma gargalhada; que, em tais momentos, ele não sabia como reagir. Respondi que estava assombrado por ter sido capaz de me conter ao ver os pratos da grossura de uma moeda de prata de três soldos, uma perna de carneiro que era uma simples isca, um copo tão grande como uma casca de noz e, assim sucessivamente, continuei a descrever todo o resto dos móveis e das coisas daquele país. O capitão, se referindo ao velho ditado inglês, me disse que eu tinha mais olhos do que barriga, pois reparara que eu não comia com grande apetite.

O capitão, que regressava de Tonquin, ia para a Inglaterra e foi levado para nordeste, a quarenta graus de latitude e cento e quarenta e três de longitude. Entretanto, uma vez que nos deparamos com um vento dois dias depois da minha chegada a bordo, fomos levados para o norte durante muito tempo e, costeando a Nova Holanda, estávamos no rumo oeste-nordeste e depois sudoeste, até termos dobrado o Cabo da Boa Esperança. A nossa viagem foi muito feliz, mas eu pouparei o leitor da sua descrição. O capitão se encaminhou a uns dois portos e fez chegar o seu bote para trazer animais e tomar água. Quanto a mim, não saí de bordo senão quando ancoramos em South Downs. Isso se sucedeu, creio eu, em 3 de junho de 1706, quase nove meses depois da minha libertação. Ofereci tudo que tinha como forma de pagamento, mas o capitão protestou, dizendo que não iria querer. Nos despedimos muito afetuosamente e fiz-lhe prometer que iria visitar-me em Redriff. Aluguei um cavalo e um guia por algum dinheiro que o capitão me emprestou.

Durante a viagem, notando a pequenez das casas, das árvores, do gado e dos habitantes, pensei que estava em Lilipute: fiquei com medo de pisar nos viajantes que encontrava e muitas vezes gritei para afastá-los do caminho. Quando cheguei a minha casa, que reconheci a custo, um dos criados abriu a porta e eu baixei a cabeça para entrar, com receio de dar alguma cabeçada. Minha esposa correu logo para me beijar, mas me curvei até a altura dos seus joelhos, temendo que não chegasse à boca. Minha filha se abaixou a fim de me pedir a bênção. Considerei todos os meus criados e uns dois amigos que ali se encontravam como pigmeus e a mim como um gigante. Disse à minha mulher que ela tinha sido muito econômica, porque eu achava que ela própria estava reduzida. Numa palavra, procedi de maneira tão estranha que todos formaram de mim a mesma opinião que o capitão formara quando me viu a bordo, e concluíram que eu estava louco.

Em pouco tempo, me acostumei com minha mulher, minha família e amigos; minha esposa opinou que eu não tornaria a embarcar. Contudo, a minha má sorte ordenou o contrário, como o leitor poderá verificar na continuação. Entretanto, é aqui que finda a segunda parte das minhas mal-aventuradas viagens.

Terceira Parte

Viagem a Lapúcia, a Balnibarbo, a Luggnagg, a Glubbdudrib e ao Japão

Fazia dois anos que eu permanecia em minha casa quando o capitão William Robinson, da província de Cornualha, comandante do navio *Boa Esperança*, de trezentas toneladas, veio me procurar. Uma vez, eu trabalhei como cirurgião em um navio onde ele era capitão, para uma viagem ao Levante, e fui sempre muito bem tratado. O capitão, tendo conhecimento da minha chegada, me fez uma visita e ficou muito feliz ao me ver em perfeita saúde; me perguntou se eu resolvi ficar definitivamente em casa e me disse que planejava fazer uma viagem às Índias Orientais, partindo dentro de dois meses. Insinuou, ao mesmo tempo, que gostaria que eu fosse o médico de bordo, tendo para isso mais um cirurgião e dois enfermeiros comigo além de receber recompensa dobrada e, depois de provar que o conhecimento que eu tinha do mar era pelo menos igual ao seu, me levaria como seu imediato.

Enfim, teve palavras tão elogiosas e me pareceu tão bondoso que me deixei levar, apesar das situações em que me meti, por uma grande paixão pelas viagens. A única dificuldade que previa era obter o consentimento de minha esposa que, no entanto, permitiu, em vista das vantagens que a viagem poderia proporcionar a nossos filhos.

Embarcamos em 5 de agosto de 1708 e chegamos ao forte de St. George em 1 de abril de 1709, onde permanecemos três semanas para refrescar a nossa tripulação que, em sua maioria, estava doente. Depois, nos dirigimos a Tonquin, onde o nosso capitão resolveu demorar algum tempo, porque a maior parte das mercadorias que tinha vontade de adquirir só podia ser entregue alguns meses depois. Para se livrar um pouco das despesas da demora, adquiriu um barco carregado de diferentes espécies de mercadorias, com as quais tonquineses fazem um comércio habitual com as ilhas próximas, e embarcou quarenta homens, incluindo três da região; me tornei seu capitão e comandei durante dois meses enquanto ele negociava em Tonquin.

Ainda não havia três dias que nós tínhamos embarcado quando uma violenta tempestade nos induziu durante cinco dias para nordeste e, em seguida, para leste. O tempo acalmou um pouco, mas o vento do oeste continuava a soprar com força. Ao décimo dia, dois piratas nos perseguiram e logo nos aprisionaram, porque o meu navio estava tão carregado que navegava muito devagar, o que tornava impossível manobrá-lo para nos defendermos. Os dois piratas entraram no nosso navio à frente dos seus homens; nos encontrando, porém, de bruços, como eu ordenara, eles nos acorrentaram e nos vigiaram, principalmente ao entrar no navio.

Notei entre eles um holandês que parecia ter certa autoridade, embora não fosse comandante. Pelos nossos modos, reconheceu que éramos ingleses e, falando em sua língua, disse que iam acorrentar todos e nos lançar ao mar. Como eu falava muito bem holandês, contei a ele quem éramos e solicitei, em consideração por sermos cristãos e protestantes, de países vizinhos e aliados, que intercedesse por nós junto ao capitão. Ele ficou irritado com o que eu disse, fez mais ameaças e olhou para os companheiros, falando em japonês, repetindo várias vezes a palavra "cristãos".

O maior navio dos piratas era comandado por um capitão japonês que falava um pouco a língua holandesa; veio até mim e, após algumas perguntas, me garantiu que nos deixariam vivos. Cumprimentei-o e, me virando então para o holandês, disse que estava muito admirado de ter encontrado mais humanidade num idólatra do que num cristão. Porém, me arrependi do que disse, porque esse miserável quase me lançou ao mar (o que não quiseram aceitar por causa da promessa que um deles havia feito). Dividiram o pessoal pelos dois navios e pelo barco; quanto a mim, decidiram me abandonar em uma canoa com dois remos, uma vela e comida para quatro dias. O capitão japonês não permitiu nem que me revistassem. E fui para o barquinho enquanto o brutal holandês me observava da parte mais alta do navio, bravo.

Quase uma hora antes de sermos vistos pelos piratas, eu observei que nos encontrávamos a quarenta e seis graus de latitude e a cento e oitenta e três de longitude. Quando me vi um pouco afastado, com uma luneta, descobri diferentes ilhas a sudoeste. Então, icei a vela, pois o vento estava favorável, com desejo de parar na ilha mais próxima, o que levou três horas. A ilha não era mais do que uma rocha, onde encontrei muitos ovos de pássaros; então, usando a minha arma, lancei fogo a algumas raízes e a alguns juncos marítimos para poder cozinhar os ovos, que foram nessa noite todo o meu sustento. Achei melhor poupar os alimentos tanto quanto fosse possível. Passei a noite nessa rocha, deitado no chão sobre algumas plantas que me serviram de cama, e dormi muito bem.

No dia seguinte, fui para outra ilha e depois para uma terceira e para uma quarta, usando o remo às vezes; mas, para não entediar o leitor, direi apenas que após cinco dias atingi a última ilha que avistei, que ficava a sudoeste da primeira. Essa ilha estava mais afastada do que eu imaginava, e só pude chegar depois de cinco horas. Dei uma volta completa antes de poder entrar. Desembarquei numa pequena baía, que era três vezes mais larga do que o meu barquinho, notei que toda a ilha não passava de um grande rochedo.

Peguei meus mantimentos e, depois de ter comido um pouco, guardei o resto em uma pequena caverna que encontrei. Peguei alguns ovos no rochedo e arranquei certa quantidade de juncos marítimos e ervas secas para acendê-las no dia seguinte e cozinhar os ovos. Passei toda a noite na caverna, a minha cama era feita das mesmas ervas secas destinadas para o fogo. Dormi pouco, porque estava mais inquieto do que cansado.

Fiquei tão solitário e cheio de reflexões nesse lugar desabitado que não tive coragem de me levantar e, antes que eu tivesse forças para sair do meu esconderijo, o dia já tinha nascido. Fazia um tempo magnífico. Porém, de repente escureceu de maneira diferente do que costuma acontecer quando passa uma nuvem. Olhei o céu e percebi um grande objeto escuro entre mim e o sol, que parecia se mover de um lado para o outro. Parecia estar a três quilômetros de altura e tapou o sol por sete minutos.

Quando o objeto chegou mais perto do local em que eu estava, parecia ser uma base plana, firme e reluzente pelo mar. Me escondi em uma colina e vi aquela estrutura descer e se aproximar de mim, a mais de um quilômetro de distância, talvez. Então, saquei a luneta do bolso e descobri um grande número de pessoas em movimento, pessoas que me olhavam e se olhavam entre si.

Fiquei alegre e tinha muita esperança, pois esse ocorrido poderia me ajudar a sair do estado em que estava. Porém, o leitor não conseguirá imaginar a surpresa que me causou a visão daquela espécie de ilha aérea, habitada por homens que tinham a arte e o poder de levantá-la, abaixá-la e fazê-la andar à sua vontade. Observei para qual lado a ilha girava, porque me pareceu parar por um tempo. Entretanto, aproximou-se do lado em que eu estava, e pude ver muitas galerias e escadarias.

Na galeria inferior, vi muitos homens que pescavam aves à linha, e outros que observavam. Fiz sinal a eles com o chapéu e o lenço e, quando os vi mais perto, gritei com toda a força. Olhando com a máxima atenção, vi uma enorme multidão no ponto em frente a mim. Descobri, pelas suas posições, que me viam, embora não tivessem me respondido. Reparei, então, em uns seis homens que subiam apressados ao ponto mais alto da ilha, e supus que fossem enviados a algumas pessoas de autoridade para receber ordens sobre o que deveriam fazer nessa ocasião. A multidão aumentou e, em menos de meia hora, a ilha se aproximou de tal maneira que ficou a apenas uns cem passos de distância de onde eu estava. Foi então que comecei a fazer várias posições humildes e comoventes, mas não obtive resposta alguma; pelas roupas dos que estavam mais próximos, pensei que fossem pessoas de distinção.

Por fim, ouvi a voz de um deles, era uma linguagem clara, polida e muito suave, cujo timbre se aproximava ao italiano; foi também em italiano que respondi, imaginando que com o som e a acentuação dessa língua eles entenderiam. Esse povo compreendeu o meu pensamento, fizeram sinal para que eu descesse do rochedo e fosse para a margem. Então, a ilha volante foi descendo a uma altura adequada, desceram da galeria com uma pequena cadeira suspensa, sobre a qual me sentei e fui, num momento, içado por meio de carretilhas.

Assim que cheguei, me encontrei rodeado por uma multidão que me observava, admirada, e que eu admirei do mesmo modo. Nunca tinha visto algo parecido e tão único, tanto no rosto como nos hábitos e nas maneiras; inclinavam a cabeça ora para a direita, ora para a esquerda, tinham um olho voltado para dentro e outro para o zênite. As suas roupas eram pontilhadas de figuras do sol, da lua e das estrelas e carregavam rabecas, flautas, harpas, trombetas, guitarras, alaúdes e muitos outros instrumentos musicais desconhecidos na Europa. Vi em torno deles muitos criados armados de bexigas amarradas na ponta de uma bengala, onde havia certa quantidade de ervilhas ou cascalhos. Batiam de tempos em tempos com essas bexigas na boca ou nas orelhas daqueles que lhes ficavam mais próximos, e eu não consegui descobrir o motivo de tal hábito. A inteligência desse povo parecia tão distraída que ninguém podia falar nem prestar atenção ao que se dizia sem o auxílio daquelas ruidosas bexigas, com que se batia na boca ou nas orelhas para o despertar. Essa era a razão pela qual as pessoas que possuíam certos meios mantinham um criado, que servia como um instrutor, e não saiam sem ele.

O instrutor agia quando dois ou três indivíduos estavam juntos, então ele batia habilmente com a bexiga na boca daquele a quem se dirigia o discurso. O criado acompanhava sempre o seu dono quando ele saía e era obrigado a bater, quando necessário, com a bexiga nos olhos, porque sem isso os seus grandes devaneios o colocariam em perigo de cair em algum precipício ou de bater com a cabeça em algum poste, de empurrar os outros na rua ou de ser lançado em algum riacho.

Solicitaram que eu fosse ao ponto alto da ilha e entrasse no palácio do rei, onde vi Sua Majestade num trono, cercado de pessoas de primeira distinção. Em frente ao trono, tinha uma grande mesa cheia de globos, esferas e instrumentos matemáticos de todo tipo. O rei não percebeu a minha entrada, embora a multidão que me acompanhava fizesse bastante alvoroço; ele estava, então, entregue à solução de um problema; ficamos diante dele por uma hora, à espera de que Sua Majestade acabasse a sua operação. Havia junto dele dois pajens empunhando bexigas, e um deles, quando Sua Majestade concluiu o trabalho, bateu devagar e com respeito na boca, enquanto o outro lhe bateu na orelha direita. O rei pareceu, então, despertar como que em sobressalto e, olhando para mim e para a gente que me rodeava, recordou-se do que lhe haviam dito acerca da minha chegada poucos momentos antes; falou algumas palavras e logo um homem, armado de uma bexiga, se aproximou de mim e me bateu com ela na orelha direita. Com um gesto fiz ele entender que aquilo era desnecessário, o que deu ao rei e a toda a corte uma ideia sobre a minha inteligência. Em seguida, me conduziram a um local onde me serviram o almoço. Quatro pessoas se sentaram perto de mim; tivemos dois banquetes, cada um de três pratos. O primeiro era composto de uma perna de carneiro em formato de um triângulo equilátero, uma peça de boi sob a forma de um losango. O segundo banquete tinha dois pratos semelhantes à forma de violino, com salsichas e linguiças que pareciam flautas e um fígado de veado que tinha a aparência de uma harpa. Os pães que nos serviram se pareciam com cones, cilindros e paralelogramos.

Depois do almoço, um homem veio conversar comigo a pedido do rei, com uma caneta, tinta e papel, e me fez compreender, por sinais, que tinha ordem de me ensinar a língua do país. Estive com ele por mais de quatro horas, durante as quais escrevi em quatro colunas um grande número de palavras e sua tradução. Me ensinou também algumas frases curtas, cujo sentido me deu a conhecer, dizendo o que elas significavam. O professor me mostrou em seguida, em um dos seus livros, a figura do Sol, da Lua, das estrelas, do zodíaco, dos trópicos e dos círculos polares, dizendo o nome de todos, assim como de todo tipo de instrumentos musicais. Quando acabou a lição, peguei para uso um pequeno e bonito dicionário de todos os vocábulos que eu aprendera e, em poucos dias, graças à minha boa memória, aprendi a língua lapuciana.

Na manhã seguinte, um alfaiate tirou medidas do meu corpo. Os alfaiates dessa região exercem um trabalho diferente dos outros países da Europa. Primeiro, tirou a medida da altura do meu corpo com um quadrante e depois com régua e compasso. Tendo medido a circunferência e toda a proporção dos membros superiores, fez o cálculo em um papel e, depois de seis dias, me trouxe uma roupa muito malfeita. Desculpou-se, dizendo que se enganou nos cálculos.

Nesse dia, Sua Majestade ordenou que avançassem a sua ilha para Lagado, que é a capital do seu reino em terra firme, e depois para certas cidades e aldeias, a fim de receber os materiais dos seus súditos. Para isso, deixou cair algumas cestas penduradas em cordas, com bolas de chumbo amarradas na ponta, a fim de que o seu povo colocasse ali os seus materiais, que depois eram puxados; no ar, davam a aparência de pipas.

Eu tinha um pouco de conhecimento em matemática, e isso me ajudou a compreender o seu modo de falar e as metáforas, extraídas na sua maioria das matemáticas e da música, porque sei também um pouco dessa arte. Se, por exemplo, queriam elogiar a beleza de uma donzela, diziam que os seus dentes brancos eram belos e perfeitos paralelogramos, que as sobrancelhas eram um segmento encantador ou uma bela porção de círculos, que os olhos formavam uma admirável elipse. O seno, a tangente, a linha reta, a linha curva, o cone, o cilindro, a oval, a parábola, o diâmetro, o raio, o centro, o ponto são entre eles termos que entram na linguagem do amor.

As casas tinham uma péssima construção, e a razão é que nesse país se despreza a geometria. Nunca vi povo tão tolo; além disso, são os piores argumentadores do mundo, sempre dispostos a contradizer, exceto quando pensam com justiça, o que acontece raramente e, então, se calam; não sabem o que é imaginação, invenção, representação e não têm sequer termos na sua língua que exprimam essas coisas. Desse modo, todas as suas obras, incluindo as poesias, parecem teoremas de Euclides.

Esse povo parece sempre inquieto e assustado, ficam apreensivos com a alteração dos corpos celestes, por exemplo: temem que a Terra, pelas frequentes aproximações do Sol, seja por fim devorada pelas chamas desse terrível astro ou que esse fogaréu da natureza se extinga, pouco a pouco e venha a se apagar por completo. Esse receio e as inquietações lhes tiram o sono e os privam de praticamente tudo. Assim, logo que se encontram pela manhã, as primeiras palavras que trocam entre si são sobre o Sol e como ele estava quando se pôs ou nasceu.

Pedi permissão ao soberano para conhecer a ilha. Ele autorizou e ordenou a um dos seus cortesãos que me acompanhasse. Eu queria descobrir qual era o segredo, natural ou artificial, que fazia a movimentação da ilha. Vou contar ao leitor uma nota exata e filosófica sobre o assunto. A ilha volante é perfeitamente redonda; o seu diâmetro é de quinze mil quilômetros, isto é, quase quatro mil passos, e tem aproximadamente dez mil acres. O fundo da ilha ou a superfície inferior, tal como parece a quem a vê por baixo, é como um largo diamante, polido e talhado com frequência, que reflete a luz a quatrocentos passos. No subsolo, há muitos minerais, seguindo a ordem habitual das minas, e por cima existe um terreno fértil de três a quatro metros de profundidade.

No centro da ilha, existe um buraco com mais ou menos cinquenta metros, pelo qual os astrônomos descem a uma grande cúpula que, por esse motivo, é chamada de *Flandona Gagnole*, ou Cova dos Astrônomos, situada a uma profundidade de cem metros acima da superfície superior do diamante. Nessa cova, existem vinte lâmpadas sempre acesas que espalham uma grande luz por todos os lados. O local é equipado de sextantes, quadrantes, telescópios, astrolábios e outros instrumentos astronômicos.

Tem o comprimento de seis metros e, na sua maior espessura, mede pelo menos três metros. Esse ímã está suspenso por um grosso eixo de diamante que passa pelo meio da pedra e sobre a qual gira. Está colocado com tanta precisão que um fraco impulso pode fazê-la girar. A pedra é rodeada por um círculo de diamante com a configuração do cilindro cavado, com um metro de profundidade, muitos metros de espessura e doze metros de diâmetro, colocado horizontalmente e mantido por oito pedestais, todos de diamante, tendo cada um a altura de seis metros. Nenhuma força pode deslocar a pedra, porque o círculo e os pés do círculo são de uma só peça com o corpo do diamante que forma a base da ilha.

É por meio desse ímã que a ilha se levanta, abaixa e muda de lugar; porque, em relação ao ponto da terra em que reside o rei, a pedra é munida, em um dos lados, de um poder atrativo e, no outro, de um poder repulsivo. Assim, quando o ímã está voltado para a terra pelo seu polo atrativo, a ilha desce; mas, quando o polo repulsivo está voltado para a mesma terra, a ilha sobe. Quando a posição da terra é oblíqua, o movimento da ilha é igual, porque nesse ímã as forças agem sempre em linha paralela à sua direção; é pelo movimento oblíquo que a ilha é conduzida às diferentes partes dos domínios do rei.

De maneira alguma fui maltratado nessa ilha, a verdade é que não fui muito acolhido. O rei e o povo só se dedicavam a curiosidades, à matemática e à música; como eu não tinha muito entendimento nesses assuntos, me deixavam de lado.

Contudo, depois de conhecer o local, eu sentia muita vontade de sair dali, já estava muito cansado daquela ilha aérea. Ficavam tão absorvidos em suas especulações que eu não tive nenhuma companhia e fiquei muito triste. Só me entretinha com operários, instrutores, pajens da corte e gente de várias espécies. Aqueles eram os únicos com quem eu podia me entender; os outros não conversavam.

Havia na corte um grande senhor, favorito do rei e que, por esse único motivo, era tratado com respeito, mas era considerado por todos um homem muito ignorante e estúpido. Passava por honrado e honesto, porém não tinha ouvidos para a música e se negava a aprender matemática, tanto que nunca conseguiu fazer um simples problema de aritmética. Esse cavalheiro me tratou bem: muitas vezes foi me visitar, desejando saber sobre os negócios da Europa e conhecer os usos, costumes, leis e ciências das diferentes nações que eu visitara; me ouvia sempre com atenção e fazia observações a respeito de tudo o que eu falava. Pedi a esse importante homem que viesse comigo junto de Sua Majestade para eu me despedir, e ele me concedeu esse favor com prazer.

Em 16 de fevereiro, me despedi do rei, que me ofereceu um considerável presente, e o favorito me deu um diamante com uma carta de recomendação para um elevado nobre amigo seu, residente de Lagado, capital de Balnibarbo. Estando a ilha suspensa sobre uma montanha, desci do último terraço da ilha do mesmo jeito que subi.

O continente chama-se Balnibarbo, e a capital, como já disse, tem o nome de Lagado. A princípio, foi uma grande satisfação para mim estar em terra firme, e não no ar. Fui para a cidade sem custo nem empecilho algum, me vestindo como os habitantes e sabendo muito bem a língua deles. Encontrei sem dificuldade a moradia da pessoa a quem fui recomendado. Apresentei a carta e fui muito bem recebido. O homem, que era um importante balnibarbo e se chamava Munodi, me deu um belo alojamento em sua casa, onde permaneci durante a minha estada nesse país e onde fui muito bem tratado.

Na manhã do dia seguinte, Munodi pediu para que eu entrasse na sua carruagem para me mostrar a cidade, que é grande como metade de Londres; as casas, porém, eram construídas de forma estranha, e a maior parte delas estava em ruínas. O povo, coberto de farrapos, andava com passo apressado e tinha um olhar feroz. Passamos por uma das portas da cidade, onde vi um grande número de lavradores que trabalhavam na terra com muitos tipos de ferramentas; não consegui ver o que faziam, não vi em parte alguma coisa que se parecesse com ervas ou com sementes. Pedi ao meu guia que me explicasse o que todos estavam fazendo com as mãos ocupadas na cidade e no campo, mas não vendo ali resultado algum, porque, na verdade, nunca encontrara terra tão mal cultivada nem casas em tão mau estado. O senhor Munodi foi governador de Lagado por muitos anos, mas, pela intriga dos ministros, tinha sido demitido com grande pesar do povo.

Quando critiquei o seu país e os seus habitantes, me respondeu que eu não permanecera tempo suficiente entre eles para formar alguma opinião, mas quando voltamos para a casa, me perguntou o que achava do seu palácio, o que notava nele e o que tinha a dizer das roupas e maneiras dos seus criados. Eu podia dizer que o palácio era regular, magnífico e polido. Respondi que a sua grandeza e suas riquezas deixaram o povo pobre. Ele me disse que, se fosse com ele até a sua casa de campo, que ficava a trinta quilômetros, teria muito prazer em falar comigo sobre esse assunto. Respondi à Sua Excelência que faria tudo o que ele desejasse; então, partimos no dia seguinte de manhã.

Durante a viagem, me fez observar os diferentes métodos dos lavradores para semear as terras. Contudo, passeando por alguns locais, eu não descobri nenhuma esperança de colheita, nem mesmo algum vestígio de plantação; mas, depois de três horas andando, o cenário mudou completamente. Nós achamos um magnífico campo. As casas dos lavradores estavam um pouco afastadas e muito bem construídas, os campos eram fechados e continham vinhas, plantações de trigo, campinas, nunca vi algo tão agradável. O governador observou o meu silêncio e disse, então, suspirando, que era ali que começavam as suas terras; que, contudo, os seus compatriotas o zombavam e o desprezavam por não saber dirigir os seus trabalhos.

Chegamos, por fim, ao seu prédio, que era de nobre estrutura: as fontes, os jardins, as avenidas, os quiosques estavam dispostos com critério e com gosto. Então, como nos encontrávamos a sós, me contou, com ar muito triste, que não sabia se seria preciso, em breve, derrubar as suas casas do campo e da cidade, destruir todo o seu palácio para o reconstruir conforme o gosto moderno, mas temia passar por ambicioso, singular, ignorante, caprichoso e, talvez, desagradar às pessoas ricas.

Alguns dias depois, desejei ver a academia dos sistemas, e Sua Excelência solicitou um guia para me acompanhar. Sou um grande admirador de novidades por ter um espírito curioso. Quando jovem, eu fui homem de projetos e de sistemas, e ainda hoje tudo o que é novo me agrada bastante.

A instalação da academia de sistemas é formada por uma série de prédios ocupando os dois lados de uma rua. Fui magnificamente recebido pelo porteiro, que logo me disse que, naquelas edificações, em cada quarto habitava um engenheiro.

O primeiro mecânico que conheci parecia um homem muito magro: o rosto e as mãos estavam sujos de graxa; a barba e o cabelo, grandes; e usava uma camisa da cor da pele. Estava há oito anos em um projeto curioso que consistia em recolher os raios do sol a fim de prendê-los em frascos muito bem fechados, e estes poderiam servir para aquecer o ar quando o inverno chegasse. Ele me disse que os outros oito anos seriam suficientes para fornecer aos jardins dos ricos raios de sol por um preço baixo. Depois, ainda se lamentou, pois ele tinha poucos recursos e me pediu algo para animá-lo.

Fui para outro quarto, mas logo dei as costas, não suportei o mau cheiro. O meu guia me obrigou a entrar, dizendo em voz baixa que tomasse o cuidado de não ofender um homem que ficaria ressentido. Entrei e nem tapei o nariz. O engenheiro que habitava o quarto era o mais antigo da academia; o rosto e a barba eram já branco-amarelados, e as mãos e a roupa estavam cobertas de uma nauseante gordura. Quando fui apresentado a ele, me deu um forte abraço, o que eu teria dispensado com delicadeza se não fosse de repente.

Em seguida, vi um homem cego de nascença, que tinha sob as suas ordens muitos aprendizes cegos como ele. O seu emprego era compor cores para os pintores. Esse professor ensinava a distingui-las pelo tato e pelo cheiro. Subi a um aposento onde estava um grande homem, que descobriu o segredo de lavrar a terra com porcos e poupar, assim, as rações dos cavalos, dos bois e o lavrador.

Depois de ter visitado o edifício das artes, passei a outro lado da casa, onde estavam os fatores dos sistemas em relação às ciências. Entramos primeiro na escola de linguagem, onde nos encontramos com três acadêmicos que discutiam juntos o modo de embelezar a língua. Um deles tinha a opinião de que, para abreviar o discurso, todas as palavras deveriam ser reduzidas a simples monossílabos e todos os verbos e particípios deveriam ser banidos. O outro ia mais longe e propunha um modo de abolir todas as palavras, de maneira que se discutisse sem falar, o que seria favorável ao peito, porque está claro que, à força de falar, os pulmões se gastam e a saúde se altera.

Não tinha mais nada no país que me interessasse e me distraísse com o tempo, de maneira que comecei a pensar no meu regresso à Inglaterra.

O continente de que esse reino faz parte estende-se, segundo tenho razões para acreditar, a leste para uma região desconhecida da América, a oeste para a Califórnia e ao norte para o oceano Pacífico. Não fica a mais de cinco mil quilômetros de Lagado. Esse país tem um porto conhecido e grande comércio com a ilha de Luggnagg, que fica situada a noroeste. A ilha de Luggnagg fica ao sudoeste do Japão, de onde está afastada cerca de quinhentos quilômetros. Há uma aliança entre o imperador do Japão e o rei de Luggnagg, o que dá várias razões para ir de um a outro. Por esse motivo, resolvi tomar esse caminho para voltar à Europa. Aluguei duas mulas e um guia para levar a minha bagagem e me indicar o caminho. Me despedi do rei, que teve muita bondade e, ao partir, recebi dele um presente magnífico.

Minha viagem não teve aventura alguma que possa ser relatada. Quando cheguei ao porto de Maldonada, que é uma cidade quase do tamanho de Portsmouth, não havia nenhum navio no porto pronto a partir para Luggnagg. Travei alguns conhecimentos. Um senhor me contou que só teria navio para Luggnagg depois de um mês, então faria bem se eu fizesse um passeio até Glubbdudrib, que ficava apenas a uns vinte e cinco quilômetros a sudoeste. Ele mesmo se ofereceu para me acompanhar com alguns amigos seus e me forneceu um barco.

Glubbdudrib, segundo a sua origem, significa Ilha dos Feiticeiros ou Mágicos. É quase três vezes tão larga como a ilha de Wight na Inglaterra e muito fértil. A ilha está sob o poder do chefe de uma tribo composta de feiticeiros que só se casam entre si, sendo sempre o rei o mais antigo da tribo. Esse rei possui um palácio magnífico e um parque com cerca de doze mil hectares, cercados de um muro de pedras de seis metros de altura. Ele e toda a família são servidos por criados de uma espécie muito extraordinária. Pelo conhecimento que possui de necromancia, tem o poder de evocar os espíritos e obrigá-los a servi-lo durante vinte e quatro horas.

Quando encostamos na ilha, deviam ser umas onze horas da manhã. Um dos dois nobres que me acompanhavam foi conversar com o governador e disse que um estrangeiro desejava ter a honra de cumprimentar Sua Alteza. Esse cumprimento foi bem-acolhido. Entramos no pátio do palácio e passamos por muitos guardas, cujas armas e atitudes me assustaram muito; atravessamos as salas e encontramos uma infinidade de criados antes que conseguíssemos chegar aos aposentos do governador. Depois de termos feito três profundas reverências, ele mandou que nos sentássemos em pequenos tamboretes, que ficavam junto ao trono. Como compreendia a língua dos balnibarbos, fizeram algumas perguntas sobre minhas viagens e, para me provar que queria me tratar sem cerimônia, fez sinal com o dedo para que todos se retirassem. Num instante (o que me admirou muito), desapareceram como fumaça. Mal tive tempo para me recompor; o governador, porém, disse que eu nada tinha a temer, e, vendo os meus dois companheiros seguros de si, comecei a ter ânimo e contei à Sua Alteza as diferentes aventuras das minhas viagens, de vez em quando sendo perturbado por uma estúpida imaginação, me fazendo olhar muitas vezes ao redor, para a direita e para a esquerda, e lançando os olhos para o lugar onde vira desaparecer os fantasmas.

Tive a honra de almoçar com o rei. Permanecemos na mesa até o pôr do sol e me desculpei com a sua alteza por não querermos passar a noite em seu palácio; eu e os meus dois amigos nos retiramos e fomos em busca de uma cama na capital, que ficava próxima. Pela manhã, fomos agradecer ao rei os dez dias que permanecemos na ilha, eu quase me familiarizei com os espíritos, mas algo me deixava curioso e com medo. Logo depois tive ocasião de satisfazer esse sentimento, e por isso o leitor pode achar que sou ainda mais curioso do que medroso. Sua alteza me disse um dia que eu escolhesse todos os mortos que me agradassem, ele os faria comparecer e pediria para responderem a todas as perguntas que eu fizesse, mas com a condição de que só os interrogasse sobre o que se passou no tempo em que estavam vivos. O rei me disse que eu podia estar bem certo de que me falariam sempre a verdade, pois a mentira é inútil aos mortos.

Agradeci humildemente à Sua Alteza e, para me aproveitar dos seus oferecimentos, recordei o que em outros tempos lera sobre a história romana. O rei fez sinal para que aparecessem César e Brutus. Fiquei atônito de admiração e de respeito à vista de Brutus, e César me confessou que todas as suas belas ações tinham ficado abaixo das de Brutus, que havia tirado sua vida para livrar Roma do seu poder.

Quis ver Aristóteles e Descartes. O primeiro me confessou que não ouvia nada de física senão dos filósofos seus contemporâneos e todos aqueles que tinham vivido entre ele e Descartes; acrescentou que tomou um bom caminho, ainda que fosse muitas vezes enganado, principalmente pelo seu respeito pela alma dos animais. Descartes tomou a palavra e disse que tinha encontrado alguma coisa e soube estabelecer muitos bons princípios, porém que não tinha ido muito longe.

Tive a curiosidade de ver diversos mortos ilustres dos últimos tempos. Ah!, quantas coisas espantosas não vi quando o governador fez passar diante de mim todo o cortejo de antepassados. Vi com clareza o motivo de certas famílias terem o nariz comprido; outras, o queixo pontiagudo, o rosto baço e as feições horríveis; e ainda por que outras têm belos olhos. Descobri o motivo de quase tudo sobre a história dos antepassados. Como todos os personagens evocados se apresentaram como haviam sido no mundo, vi com tristeza o quanto, durante cem anos, o gênero humano se degenerara, alterara os traços fisionômicos e relaxara os músculos.

Chegou o dia da nossa partida; me despedi do governador de Glubbdudrib e voltei com os meus dois companheiros a Maldonada, onde, depois de esperar durante quinze dias, embarquei num navio que se dirigia para Luggnagg. Algumas pessoas tiveram a gentileza de me fornecer mantimentos necessários para essa viagem e de me conduzir a bordo. Apanhamos um forte temporal e fomos obrigados a seguir ao norte para nos afastar de um vento forte, que soprava nesse ponto em um espaço de quase trezentos quilômetros.

Em 21 de abril de 1709, entramos no rio de Clumegnig, que é uma cidade portuária a sudoeste de Luggnagg. Ancoramos a cinco quilômetros da cidade e fizemos sinal para o guia. Em menos de meia hora, vieram dois a bordo, os quais nos guiaram por meio de rochedos, que são muito perigosos nessa baía, e na passagem que conduz a uma bacia, onde os navios ficam em segurança e que fica afastada dos da cidade o comprimento de um cabo.

Alguns dos nossos marinheiros, por traição, disseram aos guias que eu era um estrangeiro e um grande viajante. Esses avisaram o comissário da alfândega, que me fez diversas perguntas na língua balnibarbiana, que é compreendida nessa cidade por conta do comércio e, principalmente, pela gente do mar e da aduana. Respondi em poucas palavras e narrei uma história tão razoável e tão longa quanto foi possível; no entanto, achei melhor não falar sobre meu país, me intitulei holândes, com desejo de ir ao Japão, onde sabia que só os holandeses são recebidos. Disse ao comissário que naufragara na costa dos balnibarbos, que havia me chocado contra um rochedo, que estivera na ilha volante de Lapúcia e que desejava agora ir até o Japão, a fim de retornar ao meu país.

O comissário disse que eu seria preso até que recebesse ordens da corte, para quem iria escrever imediatamente e de onde contava receber resposta em quinze dias. Me colocaram em um aposento com um segurança na porta. Havia um grande jardim por onde eu podia passear e fui muito bem tratado à custa do rei. Muitas pessoas vieram me visitar, animadas pela curiosidade de ver um homem que vinha de um país muito afastado, do qual nunca tinham ouvido falar.

Negociei com um rapaz do nosso navio para ser o meu intérprete. Era natural de Luggnagg, mas, vivendo há vários anos em Maldonada, sabia perfeitamente as duas línguas. Com o seu auxílio, pude conversar com todos os que me visitavam, entender as suas perguntas e fazer com que entendessem as minhas respostas.

A resposta da corte veio ao fim de quinze dias, como era esperado; trazia uma ordem para eu ser conduzido junto com meu intérprete por uma equipe de cavalaria, a *Traldragenv* ou *Trildragdrib*, porque, se não estou enganado, pronuncia-se das duas maneiras. Um mensageiro avisou o rei sobre minha chegada e pediu que a Sua Majestade marcasse o dia e a hora em que eu poderia ter a honra e o prazer de lamber a poeira dos pés do trono.

Dois dias depois da minha chegada, tive audiência. Primeiro, me fizeram deitar e rastejar sobre a barriga e limpar o chão com a minha língua à medida que chegava ao trono do rei; mas, por eu ser estrangeiro, tiveram a bondade de limpar o chão, de maneira que a poeira não pudesse me prejudicar.

Quando cheguei a quatro passos do trono de Sua Majestade, me coloquei de joelhos e pronunciei, de cor, as seguintes palavras, que na véspera me haviam ensinado:

Iruckpling gloffthrobb squu tserumm blhiop mlashnalt zwin inodbalkuff hshiophad kurdluhasht.

É uma fórmula estabelecida pelas leis do reino para todos aqueles que são admitidos em audiência e que pode ser traduzida assim: *Possa Vossa Majestade sobreviver ao sol!*

O rei deu-me uma resposta que não compreendi, e repliquei como me haviam ensinado:

Fluftedrin yalerick dwuldom prtasrad mirpush.

Frase que, traduzida ao pé da letra, significava: *A minha língua está na boca do meu amigo.*

Assim, percebi que desejava me servir do meu intérprete; então, mandou entrar o rapaz de quem falei e, com o seu auxílio, respondi a todas as perguntas que Sua Majestade fez durante meia hora. Falei em balnibarbiano, e o meu intérprete traduzia as palavras para luggnaggiano.

O rei ficou feliz com a minha companhia e ordenou ao seu *bliffmarklub*, ou camareiro, que mandasse preparar um aposento no seu palácio para mim e para o meu intérprete, que me entregasse uma bolsa cheia de ouro e que levasse alimentos todos os dias.

Permaneci três meses na corte para obedecer à Sua Majestade, que me deu muita atenção e me convidou para ficar em seus Estados; porém, agradeci e disse que gostaria de voltar para o meu país, para ficar junto de minha querida esposa, que não me via há tanto tempo.

Os luggnaggianos são um povo muito delicado e valente e, embora tenham um pouco desse orgulho que é comum a todas as nações do oriente, são, contudo, honestos e educados com respeito a estrangeiros, principalmente com aqueles que são bem recebidos na corte.

Conversei com pessoas de alta posição e, com o recurso do meu intérprete, tive muitas conversas agradáveis e instrutivas.

Um deles me perguntou certo dia se eu tinha visto alguns dos seus *struldbruggs*, ou imortais. Respondi que não e disse que tinha muita curiosidade em saber como podiam ter dado aquele nome a humanos; comentou que algumas vezes (embora raramente) nascia numa família uma criança com uma mancha vermelha e redonda na sobrancelha esquerda, e que essa feliz mancha a preservava da morte; que era um presente da natureza ou do acaso, e que os próprios filhos dos *struldbruggs* nasciam mortais como os filhos dos outros homens, sem ter privilégio algum.

Essa narrativa agradou bastante tanto a mim quanto à pessoa que me contava. Entendendo a língua dos balnibarbos, que falava à vontade, demonstrei minha admiração e alegria com as palavras mais expressivas e mais desusadas. Exclamei, com uma espécie de entusiasmo:

— Feliz nação cujos filhos, ao nascer, podem alcançar a imortalidade! Feliz região em que os exemplos dos tempos passados se mantêm sempre, em que a virtude dos primeiros séculos ainda permanece e em que os primeiros homens vivem ainda e viverão eternamente. Felizes são os *struldbruggs*, que têm o privilégio de não morrer e a quem, por conseguinte, a ideia da morte não intimida, não enfraquece, não desmonta.

Demonstrei, em seguida, que fiquei surpreso por não ter ainda visto nenhum desses imortais na corte; que, se havia algum lá, a gloriosa mancha estampada na testa estaria destacada.

— Por que o rei — acrescentei —, que é um soberano tão justo, não os insere no país e confere se possuem confiança?

Mas talvez a virtude desses velhos incomodasse a corte. Ainda que assim fosse, eu estava decidido a falar no assunto à Sua Majestade assim que o encontrasse, e quer ele tivesse como boa a minha opinião, quer não, aceitaria em todo o caso o alojamento que teve a bondade de me oferecer nos seus Estados, a fim de poder passar o resto dos meus dias na companhia desses homens imortais, contanto que me aturassem.

Aquele a quem dirigi a palavra estava me olhando com um sorriso que expressava a minha ignorância, que lhe causava pena, dizendo que estava encantado por eu desejar ficar no país e pedindo permissão para explicar aos outros o que eu acabara de dizer. Então, durante algum tempo, conversaram entre si na língua que eu não compreendia; não pude sequer ler, nos gestos ou olhares, a impressão que o meu discurso causara nos seus espíritos. Por fim, a mesma pessoa que me falara até então me disse com delicadeza que os seus amigos estavam cativados com as minhas reflexões perspicazes sobre a felicidade e as vantagens da imortalidade, mas desejavam saber que sistema de vida seguiria e quais seriam as minhas ocupações e as minhas visões se a natureza me tivesse feito nascer *struldbrugg*.

A essa interessante pergunta respondi que as suposições e as ideias me custavam pouco e que já estava habituado a imaginar o que teria feito se tivesse sido rei, general do exército ou ministro de Estado. Com relação à imortalidade, refletira algumas vezes sobre o modo de proceder de que faria uso se tivesse de viver eternamente e que, em vista do que me dizia, daria asas à imaginação.

Disse, pois, que se tivesse tido a vantagem de nascer *struldbrugg*, logo que pudesse conhecer a minha felicidade e perceber a diferença que existia entre a vida e a morte, teria, primeiro, metido as mãos à obra para me tornar rico, e que à força de ser intrigante, sutil e rasteiro, poderia esperar me ver um pouco à vontade ao cabo de duzentos anos; que, em segundo lugar, iria me empenhar no estudo, nos meus primeiros anos, que poderia ficar orgulhoso de me tornar, um dia, o homem mais sábio do universo, que observaria com cuidado todos os grandes acontecimentos, que examinaria com atenção todos os monarcas e todos os ministros de Estado que se sucedessem uns aos outros, que teria o prazer de comparar todos os seus caracteres e de fazer sobre esse assunto as mais belas reflexões do mundo, que teria traçado uma memória fiel e exata de todas as revoluções da moda e da linguagem, das mudanças ocorridas nos costumes, leis, usos e até nos prazeres, que, por esse estudo e por essas observações, me tornaria, por fim, um museu de antiguidades, um registro vivo, um tesouro de conhecimentos, um dicionário falante, o orador eterno dos meus compatriotas e de todos os meus contemporâneos.

Nessas circunstâncias, nunca me casaria, acrescentei — e levaria uma vida de rapaz alegre, livre e econômico, a fim de que, vivendo sempre, tivesse sempre de que viver. Ocuparia meu tempo em ensinar alguns rapazes, dando a eles parte da minha sabedoria de minha longa experiência. Os meus verdadeiros amigos, os confidentes, os meus companheiros, seriam os meus sócios *struldbruggs*, dos quais eu escolheria uma dúzia entre os mais velhos, para com eles me conectar mais precisamente. Não deixaria de frequentar também alguns mortais de merecimento. Que espetáculo nobre e encantador não seria ver com os próprios olhos a terra renovada; os rios se transformando em pequenos riachos; o oceano banhando outras praias; novas regiões descobertas; um mundo desconhecido, saindo, por assim dizer, do caos; a verdade oprimida hoje e triunfante amanhã; os soberbos, abatidos, e os humildes, glorificados; os escravos, libertos. Como, nessa situação de imortalidade, a ideia da morte nunca estaria presente no espírito para me perturbar ou desanimar, eu me entregaria a todos os prazeres sensíveis de que a natureza e o raciocínio me permitissem o uso. Contudo, as ciências seriam sempre o meu primeiro e mais querido cuidado.

Logo que terminei a minha fala, o único que tinha compreendido foi para a assembleia e fez dela um resumo na linguagem do país; depois de o ouvir, começaram a raciocinar juntos durante certo tempo, sem que, no entanto, testemunhassem, ao menos pelos seus gestos e atitudes, desprezo algum pelo que eu acabara de dizer. Por fim, todos de comum acordo, pediram encarecidamente à mesma pessoa que resumira o meu discurso que me abrisse os olhos e corrigisse os meus erros.

Primeiro, me disse que eu não era o único estrangeiro que olhava com espanto e com inveja a situação dos *struldbruggs*; que encontrara nos balnibarbos e nos japoneses mais ou menos as mesmas exposições; que o desejo de viver era natural do homem; que aquele que tinha um pé na cova esforçava-se para se manter firme no outro; que o velho mais curvado imaginava sempre um amanhã e um futuro e apenas encarava a morte como um mal distante, mas, na ilha de Luggnagg, se pensava de um modo bem diferente; e que o exemplo familiar e a contínua presença dos *struldbruggs* haviam preservado os habitantes desse insensato amor pela vida.

— O sistema de conduta — continuou ele. — que o senhor supôs ser imortal é ridículo e completamente contrário a todo o raciocínio, deduzindo que, nesse estado, desfrutaria de uma eterna mocidade, de um vigor e de uma saúde de ferro. Mas quando perguntamos o que faria se tivesse de viver para sempre, o senhor supôs, porventura, que nunca envelhecesse e a sua imortalidade fosse uma eterna primavera?

Em seguida, me descreveu os *struldbruggs*, dizendo que eram semelhantes aos mortais e explicando como eles viviam até os trinta anos; que, depois dessa idade, caíam, pouco a pouco, na tristeza, que aumentava cada vez mais até atingirem os oitenta; que, então, não eram apenas sujeitos a todas as fraquezas dos velhos dessa idade, mas também a ideia da eterna duração da sua velhice os atormentava a tal ponto que nada poderia consolá-los; que não eram simplesmente como todos os outros velhos: birrentos, rabugentos, avarentos, carrancudos, linguarudos, que, gostavam de si próprios; que, devido ao longo tempo que tinham, já não estavam em estado de cultivar a alma, pois a memória enfraquecia; que mal se lembravam do que tinham visto e aprendido quando jovens e na idade madura; que haviam perdido .completamente a memória e estavam reduzidos ao estado infantil; esses, ao menos, encontravam quem se condoesse deles, oferecendo todos os recursos de que necessitavam.

— O que é mais triste ainda — acrescentou. — é que, depois de ter atingido a idade fatal, são olhados como se estivessem mortos para a sociedade. Os seus herdeiros se apoderam dos seus bens, são dados tutores a eles. Os velhos são mantidos por custeio público numa casa chamada "hospital dos imortais pobres". Um imortal de oitenta anos já não pode exercer um emprego ou função alguma; não pode negociar, não pode contratar, não pode comprar nem vender. Quando, porém, atingem noventa anos, ficam ainda pior: não conseguem se entreter com a leitura, pois, quando querem ler uma frase de quatro palavras, esquecem as duas primeiras enquanto leem as duas últimas. Pelo mesmo motivo é impossível conversar com alguém. Além disso, como a língua deste país está sujeita a frequentes mudanças, os *struldbruggs* nascidos num século têm muito trabalho em compreender a linguagem dos homens nascidos noutro século, e são sempre estrangeiros na própria pátria.

Tais foram os pormenores que me forneceu a respeito dos imortais desse país, pormenores que me surpreenderam bastante. Em seguida, me mostrou uns seis, e confesso que nunca vi nada mais desagradável. O leitor certamente irá compreender que perdi, então, toda a vontade de me tornar imortal. Fiquei envergonhadíssimo das loucas imaginações a que me entregara sobre o sistema de uma vida eterna neste mundo.

O rei, sabendo da conversa que eu mantivera com aqueles de quem falei, riu muito das minhas ideias sobre a imortalidade e a inveja que eu sentira pelos *struldbruggs*. Em seguida, me perguntou muito a sério se eu queria levar comigo dois ou três exemplares deles para o meu país, para curar os meus compatriotas do desejo de viver e do medo de morrer. No íntimo, ficaria satisfeito em que tivesse me dado esse presente, mas por uma lei fundamental do reino, é proibido aos imortais sair dele.

Espero que tudo o que tenho contado sobre os *struldbruggs* não tenha chateado o leitor. Creio que não são coisas comuns, encontradas em todos os relatos de viagens; contudo, posso assegurar que nunca achei algo igual nos que li. Em todo o caso, se são coisas já conhecidas, peço que considere que viajantes, sem se copiarem uns aos outros, podem muito bem contar as mesmas experiências quando visitam os mesmos países.

Como existe um grande comércio entre o reino de Luggnagg e o império do Japão, é possível que os autores japoneses não se esquecessem de mencionar nos seus livros os *struldbruggs*. Mas a minha permanência no Japão foi muito curta e, por não possuir, além disso, ideia alguma da língua japonesa, não pude saber ao certo se esse assunto fora tratado nos livros. Talvez um dia algum holandês possa nos dizer o que há sobre tal assunto.

O rei de Luggnagg, tendo muitas vezes, embora inutilmente, insistido para que eu ficasse nos seus Estados, por fim teve a bondade de me conceder a liberdade para sair e fez até a honra de me dar uma carta de recomendação, escrita por seu próprio punho, para Sua Majestade, o imperador do Japão. Ao mesmo tempo, me presenteou com quatrocentas e quarenta e quatro peças de ouro, cinco mil e quinhentas e cinco pérolas e oitocentos e oitenta e oito mil, cento e oitenta e oito grãos de uma espécie de arroz muito rara. Esse tipo de numeração, que se multiplica por dez, agrada muito ao povo daquele país.

Em 7 de maio de 1709, me despedi, com todas as cerimônias, de Sua Majestade, e disse adeus a todos os amigos que deixava na corte. O rei me conduziu por uma equipe de guardas até o porto de Glanguenstald, situado a sudoeste da ilha. Em seis dias, encontrei um navio pronto para me transportar ao Japão. Embarquei e, após a nossa viagem, que durou cinquenta dias, desembarcamos num pequeno porto chamado Xamoschi, ao sudoeste do Japão.

Primeiro, mostrei aos comissários da alfândega a carta com que tinha a honra de ser apresentado pelo rei de Luggnagg à Sua Majestade nipônica; conheceram logo o selo de Sua Majestade luggnaggiana, que representava um rei amparando um pobre aleijado e o ajudando a andar.

Os juízes da cidade, sabedores de que eu era portador daquela carta, me trataram como ministro e me forneceram uma carruagem para me transportar a Yedo, que era a capital do Império. Lá, fui recebido em audiência por Sua Majestade imperial e tive a honra de apresentar a minha carta, que abriu na presença de todos com grande cerimonial, e Sua Majestade fez logo explicar pelo seu intérprete que lhe pedisse qualquer graça que, em consideração para com o seu muito querido irmão, o rei de Luggnagg, concederia imediatamente a mim.

O intérprete, que era empregado nos negócios do comércio com os holandeses, reconheceu com facilidade, pelo meu aspecto, que eu era europeu e, por esse motivo, traduziu para mim em língua holandesa as palavras de Sua Majestade. Respondi que era negociante da Holanda, que naufragara num mar afastado e desde então caminhara muito por terra e por mar para chegar a Luggnagg e de lá ao império do Japão, onde sabia que encontraria os holandeses, meus compatriotas que comerciavam, o que me poderia proporcionar ocasião de voltar à Europa. Implorava à Sua Majestade que me transferisse com segurança para Nagasaki. Tomei, ao mesmo tempo, a liberdade de lhe pedir outro favor; foi que, por consideração ao rei de Luggnagg, me protegesse.

Agradeci humildemente à Sua Majestade por esse singular favor, e, assim que algumas tropas estavam prontas para marchar para Nagasaki, o oficial teve ordem para me conduzir a essa cidade.

Em 9 de junho de 1709, após uma longa viagem, aportei em Nagasaki, onde encontrei uma companhia de holandeses que tinha partido de Amsterdã para negociar em Amboina e que estava pronta para embarcar, no seu regresso, num grande navio de quatrocentas e cinquenta toneladas. Permaneci muito tempo na Holanda, pois fizera os meus estudos em Leyde e falava muito bem a língua desse país. Respondi muitas perguntas sobre as minhas viagens. Mantive perfeitamente, perante eles, a linha de holandês; citei amigos e parentes nas Províncias Unidas e me apresentei como natural de Guéldria.

Nossa viagem foi tranquila, navegamos com um vento favorável até o Cabo da Boa Esperança, onde fizemos parada. Em 16 de abril de 1710, desembarcamos em Amsterdã, e, pouco tempo depois, embarquei para a Inglaterra. Fiquei radiante ao rever meu país após cinco anos e meio de ausência! Fui diretamente para Redriff, onde encontrei minha esposa e meus filhos em perfeita saúde.

QUARTA PARTE

VIAGEM AO PAÍS DOS HOUYHNHNMS

Passei os melhores cinco meses na doce companhia de minha esposa e de meus filhos e poderia dizer que fui feliz, se eu tivesse aprendido a reconhecer quando estava bem. Porém, fui atraído a fazer uma nova viagem, principalmente quando me ofereceram o orgulhoso título de capitão a bordo do *Aventura*, navio mercante de trezentas e cinquenta toneladas. Eu entendia muito bem de navegação e estava cansado do título de servente de cirurgião de bordo. Contudo, quando me ofereceram a oportunidade, não deixei o cargo, pois sabia exercê-lo muito bem. Nessa viagem, levei comigo um aprendiz. Me despedi de minha esposa, que estava grávida. Embarcando em Portsmouth, começamos a viagem em 2 de dezembro de 1710.

Ao longo do caminho, as doenças levaram parte da tripulação, de maneira que fui obrigado a recrutar algumas pessoas nos Barbados e nas Ilhas de Sotavento, onde os negociantes com quem eu comerciava tinham dado ordem para aportar; cedo, porém, tive motivos para me arrepender de ter feito aquele maldito recrutamento, pois a maior parte era constituída por bandidos, que tinham sido piratas. Esses miseráveis insubordinaram o resto da minha tripulação, e todos juntos combinaram de se apoderar de mim e do navio. Certa manhã, entraram no meu camarote, me amarraram e ameaçaram me lançar ao mar se eu discordasse de suas ordens. Eu disse que a minha sorte estava nas suas mãos e que concordaria com o que eles quisessem. Me obrigaram a dizer essas palavras sob juramento e, em seguida, me desamarraram, mas me deixaram acorrentado em pé à cabeceira da cama e colocaram um soldado na porta do meu camarote, com ordem de me bater caso tentasse fugir. O seu projeto era fazer pirataria com o meu navio e dar caça aos espanhóis; porém, como não tinham muitos tripulantes, resolveram, então, vender a carga do navio e ir a Madagascar para aumentar a sua gente.

Em 9 de maio de 1711, um tal de James Welch entrou e me disse que recebeu ordens do senhor capitão para me desembarcar. Quis conversar com ele e fazer algumas perguntas, mas ele se recusou até a dizer o nome daquele a quem tratava por senhor capitão. Deixaram que eu pegasse minhas coisas e me obrigaram a descer para o bote; pude levar meu sabre, e ainda tiveram a delicadeza de não revistar meus bolsos, onde havia algum dinheiro. Após quase cinco quilômetros de navegação, me largaram numa praia. Perguntei aos que me acompanhavam que região era aquela.

— Por nossa fé — responderam —, sabemos tanto quanto o senhor, mas tome cuidado para a maré não o surpreender. Adeus.

Em seguida, o bote se afastou. Abandonei a praia e subi em um monte para me sentar e calcular sobre o caminho que tinha a seguir. Quando me senti descansado, comecei a caminhar por esses terrenos, resolvido a usar o primeiro meio de salvação que me fosse oferecido, negociando meu resgate por algumas sementes, braceletes e outras bugigangas, de que os viajantes não deixam de se munir e das quais tinha uma certa quantidade nos bolsos. Descortinei grandes árvores, vastos campos, onde a aveia crescia por todos os lados. Caminhava com precaução, receando ser surpreendido ou receber alguma flechada. Depois de muito tempo andando, parei em uma estrada onde me deparei com muitas pegadas de cavalos e algumas de vacas. Ao mesmo tempo, avistei um grande número de animais no campo e três da mesma espécie empoleirados numa árvore.

A sua figura me surpreendeu e, quando alguns deles se aproximaram, me escondi atrás de um arbusto para melhor os examinar. Os cabelos compridos caíam sobre a face; o peito, as costas e as patas dianteiras eram cobertas de um pelo grosso, tinham barba no queixo como os bodes, mas o resto do corpo não tinha pelos e possuíam uma pele muito cinzenta. Não tinham cauda; ficavam sentados no gramado, deitados ou de pé nas patas traseiras; saltavam, pulavam e subiam nas árvores com a agilidade dos esquilos, tendo garras nas quatro patas. As fêmeas eram um pouco menores do que os machos, tinham longos cabelos e apenas uma pequena penugem em muitos lugares do corpo. O pelo de uns e de outros era de diversas tonalidades: cinzento, vermelho, preto e louro. De fato, eu nunca tinha visto algo assim em nenhuma das minhas viagens, eram criaturas tão esquisitas!

Depois de os examinar o suficiente, segui pela estrada, na esperança de que acharia alguma cabana de nativos. Caminhei mais um pouco e encontrei, no meio da estrada, uma dessas criaturas que se encaminhava diretamente a mim. Ao me ver, estacou, fez uma infinidade de caretas e pareceu me olhar como um animal cuja espécie era desconhecida; depois, se aproximou e levantou para mim a pata dianteira. Desembainhei o sabre e bati de leve, não querendo feri--lo, com receio de ofender aqueles a quem esses animais poderiam pertencer. A criatura, se sentindo magoada, desatou a fugir e a gritar de tal maneira que atraiu a atenção de uns quarenta animais da sua espécie, que vieram em minha direção, fazendo horríveis caretas. Corri em direção a uma árvore, onde me encostei, me mantendo em guarda com o sabre; logo pularam nos ramos das árvores e começaram a estercar em cima de mim. De repente, todos fugiram.

Então, deixei a árvore e continuei o meu caminho. Fiquei muito surpreso, pensando no que fez eles fugirem com medo; mas, olhando para a esquerda, vi um cavalo trotando gravemente no meio de um campo. Foi a presença dele que fez aquele bando dispersar tão depressa. O cavalo se aproximou de mim e ficou parado me olhando fixamente, parecendo um pouco espantado, me examinando por todos os lados, várias vezes em volta de mim. Eu queria continuar meu caminho, mas ele se colocou diante de mim na estrada, me olhando com suavidade e sem praticar nenhuma violência.

Ficamos durante certo tempo nos observando; por fim, me atrevi a colocar a mão sobre o seu pescoço, acariciando, assobiando e falando à maneira dos cavalariços quando querem acariciar um cavalo; mas o animal, arrogante, fez pouco caso da minha delicadeza e bondade, levantou orgulhosamente uma das patas dianteiras para me obrigar a retirar a mão. Ao mesmo tempo, começou a relinchar três vezes, mas com uns sons tão variados que comecei a crer que falava uma linguagem que era própria e que tinha uma espécie de sentido ligado aos seus relinchos.

De imediato, apareceu um cavalo malhado e cumprimentou o primeiro com muita delicadeza; ambos se trataram muito bem e começaram a relinchar de cem modos diferentes, pareciam formar sons articulados. Em seguida, deram alguns passos juntos, como se quisessem discutir sobre qualquer assunto; iam e vinham marchando gravemente a par, semelhantes a pessoas que deliberam sobre coisas importantes. No entanto, não tiravam os olhos de mim, como se eu fosse fugir.

Surpreso por ver animais se portarem assim, pensei: "Se neste país os animais raciocinam assim, é porque os homens são de uma suprema inteligência". Essa reflexão me deu tanta coragem que resolvi avançar pela região até descobrir qualquer casa e encontrar algum habitante, deixando ali os dois cavalos; um deles, vendo que eu ia embora, começou a relinchar de maneira tão expressiva que percebi o que ele queria: voltei e me aproximei dele, mostrando como estava pertubado com tudo aquilo.

Os dois cavalos chegaram mais perto e examinaram o meu rosto e mãos. O meu chapéu parecia surpreendê-los, assim como o tecido da minha roupa. O cavalo malhado ficou observando a minha mão direita e pareceu encantado com a maciez e a cor da minha pele, mas apertou tão forte com seu casco que comecei a gritar com toda a força, o que me atraiu mil outras carícias, cheias de amizade. Os meus sapatos e as minhas meias os inquietaram, estavam farejando e apalpando por diversas vezes e fizeram sobre esse assunto muitos gestos, parecidos com os de um filósofo que tenta explicar um fenômeno.

Enfim, a atitude e as maneiras desses dois animais me pareceram tão racionais e tão adequadas que concluí com meus botões que talvez encantadores tivessem os transformado em cavalos, por diversão, depois de encontrá-los em seu caminho. Foi por isso que tomei a liberdade de falar com eles nestes termos:

— Senhores cavalos, se são feiticeiros, como posso crer, sem dúvida compreendem todas as línguas; assim, tenho a honra de dizer, na minha, que sou um pobre inglês que, por acaso, naufragou nestas costas e peço a um ou a outro que, se são realmente cavalos, me deixem subir na garupa, para descobrir alguma aldeia ou casa onde eu possa me recolher. Como pagamento, posso oferecer este punhal e este bracelete.

Os dois animais pareceram ouvir o meu discurso com atenção e, quando acabei, começaram a relinchar cada um por sua vez, voltados um para o outro. Compreendi, então, com clareza, que aqueles relinchos significavam palavras com que, talvez, se pudesse fazer um alfabeto tão claro como o dos chineses.

Eles sempre repetiam a palavra yahoo; enquanto os dois cavalos conversavam, eu tentava compreender o significado. Quando acabaram de falar, gritei com toda a força: *Yahoo! Yahoo!*, tentando imitá-los. Ficaram surpreendidos, e então o cavalo malhado repetiu duas vezes a mesma palavra, querendo me ensinar como se pronunciava. Repeti da melhor forma possível e me pareceu que, embora estivesse muito longe da perfeição, da acentuação e da pronúncia, tinha, no entanto, feito algum progresso. O outro cavalo, que era castanho, também queria me ensinar outra palavra muito mais difícil de pronunciar e que, sendo reduzida à ortografia inglesa, seria escrita assim: *houyhnhnm*. Não me saí tão bem na pronúncia desta como da primeira, mas depois de alguns ensaios estava melhor, e os dois cavalos notaram que eu era inteligente.

Após alguns momentos de conversa (a meu respeito), eles se despediram. O cavalo castanho fez sinal para caminhar à frente dele, o que pensei fazer enquanto não encontrasse outro guia. Como eu estava caminhando devagar, começou a relinchar, *hhuum, hhuum*. Compreendi o seu pensamento e dei a entender que estava muito cansado. Quando percebeu, me deixou descansar um pouco.

Depois de ter percorrido quase cinco quilômetros, chegamos a um local onde havia uma grande casa de madeira muito baixa e coberta de palha. Comecei a tirar do bolso as pequenas lembranças, que destinaria aos donos da casa para ser bem recebido. O cavalo teve a delicadeza de me fazer entrar, primeiro, numa grande quadra muito limpa, onde, como único mobiliário, havia um comedouro.

Vi três cavalos e duas éguas, que estavam sentados. Então, o cavalo malhado chegou e, entrando, começou a relinchar em tom de dono da casa. Atravessei com ele outras duas salas planas; na última, o guia fez um sinal para esperar e passou a outro aposento que ficava próximo.

Olhei com atenção ao meu redor e examinei a sala de espera, que estava mais ou menos mobiliada como a primeira sala. Piscava muito os olhos sem entender, fitei fixamente tudo o que me cercava e via sempre a mesma coisa. Belisquei os braços, mordi os lábios e bati nos quadris para acordar caso estivesse sonhando.

Enquanto fiz essas reflexões, o cavalo malhado fez sinal para que eu entrasse com ele no quarto, onde vi sobre uma esteira muito limpa e fina uma bela égua com um potro e uma eguazinha, todos apoiados simplesmente nas suas ancas. A égua se levantou quando entrei e, depois de me observar com atenção as mãos e o rosto, virou seu rabo com ar desdenhoso e pôs-se a rinchar, pronunciando muitas vezes a palavra *yahoo*. Compreendi logo o que aquilo queria dizer, porque o cavalo que me trouxe fez sinal com a cabeça, repetindo a palavra *hhuum, hhuum*, e me conduziu a uma espécie de pátio, onde havia outra construção a alguma distância da casa. A primeira coisa que me deixou impressionado foi ver três daqueles animais que, a princípio, tinha visto no campo; estavam presos comendo carne.

O cavalo-mor (chefe deles) mandou, então, um cavalinho alazão, um dos seus criados, desprender o maior desses animais e trazê-lo. Nos colocaram ambos de costas para fazer uma comparação, e foi então que o *yahoo* foi repetido muitas vezes, o que me deu a entender que aqueles animais se chamavam yahoos. Não consigo descrever a minha surpresa quando vi o animal de perto e notei nele todas as feições e aparência de um homem, com a diferença de que tinha uma cara larga, o nariz esborrachado, os lábios grossos e a boca muito grande. O yahoo tinha as patas dianteiras parecidas com as minhas mãos, embora tivesse unhas muito grandes e a pele mais escura e coberta de pelos. As pernas também se pareciam com as minhas, com pequenas diferenças. No entanto, as minhas meias e sapatos tinham dado a impressão de que eu era um pouco maior. Ainda assim, aqueles cavalos imaginavam que minhas roupas eram a minha pele, de maneira que, por essa circunstância, eu era muito diferente dos yahoos.

O criado alazão foi à moradia dos yahoos e me trouxe um bocado de carne de burro. O petisco pareceu-me tão ruim e tão desagradável que nem o toquei, indicando, ao mesmo tempo, que me fazia mal ao coração. O alazão atirou-o ao yahoo, que imediatamente o devorou com prazer. Vendo que o sustento dos yahoos não me agradava, se lembrou de me oferecer do seu, isto é, feno e aveia; abanei a cabeça, fiz ele compreender que não era um alimento de que eu gostava. Então, levantou uma das patas dianteiras à boca, de um modo muito surpreendente e muito natural, e sinalizou me fazendo compreender que não sabia como me alimentar e perguntando o que eu queria comer; porém, não consegui fazê-lo entender o que eu queria por meio de sinais, achei que ele não poderia me satisfazer. Entretanto, passou uma vaca, então apontei para ela e dei a entender, por um aceno expressivo, que tinha vontade de ordenhá-la. Compreenderam-me e logo me fizeram entrar na casa, na qual deram ordem a uma criada, isto é, à égua, de me abrir uma sala, onde encontrei uma grande quantidade de vasilhas de leite, alinhadas em ordem. Bebi dele em abundância e tomei a minha refeição muito à vontade.

Ao meio-dia, vi chegar a casa uma espécie de carruagem, puxada por quatro yahoos. Na carruagem, um velho cavalo, que parecia pertencer a elevada hierarquia, vinha visitar os meus hospedeiros e almoçar com eles. Receberam-no com muita delicadeza, comeram juntos na melhor sala e, além do feno e da palha que apresentaram a ele, serviram também aveia fervida em leite. Comiam em uma bacia colocada ao centro da sala que estava em círculo, em volta dos quais se colocaram sentados sobre as ancas e encostados a fardos de palha. O potro e a eguazinha, filhos dos donos da casa, assistiam a esse almoço, e parecia que estavam muito atentos. O cavalo malhado pediu para que eu ficasse junto dele e pareceu referir-se a mim durante longo tempo ao seu amigo, que de vez em quando me fitava, repetindo por várias vezes a palavra yahoo.

Alguns momentos antes eu calçara as luvas; o cavalo malhado, tendo notado e não vendo as minhas mãos conforme as havia visto a princípio, fez diversos sinais de admiração; me tocou três vezes com a pata e deu a entender que desejava que voltasse à forma primitiva.

Quando acabou o almoço, o cavalo, meu amigo, me chamou em particular e, por meio de sinais acompanhados de algumas palavras, me fez compreender o pesar que sentia por ver que eu não comia, não achando nada que fosse do meu agrado. *Hlunnh*, na sua linguagem, queria dizer aveia. Pronunciei a palavra duas ou três vezes, porque, embora a princípio tivesse recusado a aveia, pensei que poderia fazer dela uma espécie de alimento, misturando com leite. Isso me sustentaria até que eu tivesse a oportunidade de escapar e encontrar indivíduos da minha espécie. Logo, o cavalo deu ordem a uma criada, que era uma bela égua, para que trouxesse uma boa porção de aveia em um prato de madeira. Torrei a aveia do jeito que foi possível; em seguida, esfreguei até que ficasse completamente descascada, depois tratei de amassar e coloquei-a sobre duas pedras: arranjei água e fiz dela uma espécie de bolo que cozinhei e comi quente, misturado com leite.

A princípio, era uma comida muito sem sabor (embora seja um alimento muito usado em alguns pontos da Europa), mas me habituei com o tempo. A verdade era que, algumas vezes, ia à caça dos coelhos e das aves, que apanhava com armadilhas feitas de cabelos dos yahoos; outras vezes, colhia ervas, que cozia ou comia como salada e, de vez em quando, fabricava manteiga. O que a princípio me causou desgosto foi a falta de sal; acostumei-me, porém, a ficar sem ele. Daqui compreendo que o uso do sal é efeito da nossa intemperança e apenas foi produzido para excitar a beber, porque é bom que se note que o homem é o único animal que tempera com sal tudo o que come. Quanto a mim, ao deixar esse país, tive certo custo em tornar a usá-lo.

Acredito que já falei demais a respeito do meu sustento. Seja como for, suponho que este pequeno resumo da minha alimentação foi necessário para impedir que se imaginasse que me foi impossível me alimentar durante três anos de permanência em tal país e com semelhantes habitantes.

À tarde, o cavalo, meu amigo, me mandou ficar num quarto a seis passos da casa e separado do alojamento dos yahoos. Estendi alguns fardos de palha e me cobri com o meu casaco, de maneira que passei uma noite magnífica, dormindo tranquilamente. Nas seguintes passei melhor, como o leitor verá daqui a pouco, quando lhe falar da maneira de viver nesse país.

Me dediquei ao estudo da língua, que o houyhnhnm, meu amigo (como vou chamá-lo de agora em diante), seus filhos e criados tinham muita vontade de me ensinar. Apontava cada coisa e perguntava o nome, e não deixava de escrever no meu pequeno registro de viagem quando estava sozinho. Com respeito à acentuação, tentei compreender, ouvindo com atenção. O alazão foi um grande auxiliar.

Confesso que a pronúncia da língua me pareceu muito difícil. Os houyhnhnms falam, ao mesmo tempo, com a garganta e o nariz; e a sua língua, tanto nasal como gutural, se aproxima muito da dos alemães, mas é muito mais graciosa e expressiva. O meu amigo se sentia muito impaciente por me ouvir falar na sua língua para poder conversar comigo e satisfazer a sua curiosidade.

Estava convencido, como mais tarde me declarou, de que eu era um yahoo; mas a minha higiene, delicadeza e disposição para aprender o admiravam: e não podiam comparar essas qualidades às de um yahoo, que é um animal grosseiro, sujo e selvagem. O meu vestuário o deixava confuso, imaginando que fazia parte do meu corpo, pois me despia só à noite para dormir e me vestia de manhã ao me levantar, antes que acordassem. Meu amigo tinha vontade de saber qual era o meu país, onde e como adquiri essa espécie de raciocínio. Eu me gabava por aprender tudo isso depressa. Para me auxiliar, formei um alfabeto com todas as palavras que aprendia e escrevia com o significado em inglês embaixo. Ele não entendia o que eu estava fazendo, porque os houyhnhnms não faziam ideia alguma da escrita.

Dentro de dez semanas, eu conseguia entender suas perguntas e, em três meses, fiquei habilitado a responder com clareza. Uma das primeiras perguntas que me fizeram, quando eu estava em condições de responder, foi sobre meu país e como me tornei um animal racional. Respondi que vinha de muito longe e tinha atravessado os mares com outros da minha espécie; que viajara numa grande construção de madeira, que os meus companheiros tinham me deixado na costa desse país, me abandonando. Foi preciso fazer muitos sinais para me compreenderem. Meu amigo respondeu dizendo que eu devia estar enganado e que tinha dito uma coisa que não era, isto é, mentira. (Os houyhnhnms não possuem na sua língua vocábulos para exprimir a verdade ou a mentira). Ele não compreendia que havia terras para além-mar e que um rebanho de animais pudesse flutuar sobre uma grande construção de madeira e conduzi-la à sua vontade. E acrescentou:

— Ninguém, como um houyhnhnm, poderia fazer semelhante coisa. O governo confiar uma construção dessas a um yahoo é obra de insensatos.

A palavra *houyhnhnm*, na sua língua, significa cavalo e quer dizer, conforme a sua origem, a perfeição da natureza. Respondi ao meu amigo que me faltavam as expressões, mas, dentro de algum tempo, ficaria fluente para dizer coisas que, decerto, o surpreenderiam.

Muitos cavalos e éguas de distinção vieram, então, visitar meu amigo, animados pela curiosidade de ver um extraordinário yahoo, que, pelo que tinham ouvido, falava como houyhnhnm e fazia brilhar, com as suas maneiras, as centelhas do raciocínio. Sentiam prazer em dirigir perguntas ao meu alcance, às quais respondia conforme podia. Tudo isso contribuía para me fortalecer no uso da língua, de sorte que, no período de cinco meses, compreendia tudo o que me diziam e expressava muito bem a maior parte das coisas.

Alguns houyhnhnms que vinham à casa de meu amigo para me ver e conversar comigo não queriam acreditar que eu fosse um yahoo, porque, diziam, tinha uma pele muito diferente da deles; não achavam, acrescentavam, a minha pele nem sequer parecida com a dos yahoos, além do rosto e das patas dianteiras, sem pelos. Meu amigo sabia bem o que isso era, porque uma coisa que aconteceu há uns quinze dias tinha me obrigado a solucionar esse mistério, que eu ocultara sempre até então com receio de que me tomasse por um verdadeiro yahoo e me pusessem na companhia deles.

Já disse ao leitor que todas as noites, quando toda a casa estava recolhida, o meu costume era me despir e me cobrir com o casaco. Certo dia, meu amigo ordenou que o seu lacaio alazão fosse até meu quarto, de madrugada, para ver se estava bem. Quando entrou no aposento, eu dormia profundamente; o meu casaco estava caído e tinha a camisa arregaçada. Acordei com o barulho que ele fez e notei que saía com ar inquieto e embaraçado. Foi logo conversar com o seu chefe e contou em detalhes confusos o que vira. Quando me levantei, fui dar o bom-dia à Sua Honra (é o termo usado entre os houyhnhnms, que corresponde aos nossos: alteza, grandeza e excelência). Contou logo o que havia acontecido, o que o seu lacaio lhe tinha contado de manhã; que lhe dissera que eu não era o mesmo acordado e dormindo; que, quando dormia, tinha uma pele que não possuía durante o dia.

Até essa data, eu tinha ocultado esse segredo, como já disse, para não ser confundido com os desonrados yahoos; mas, então, foi preciso revelá-lo contra minha vontade. Além disso, o meu vestuário e o meu calçado estavam já muito gastos, e como precisavam ser substituídos. Confiei ao meu amigo que, no país de onde eu vinha, os da minha espécie costumavam cobrir o corpo com o pelo de certos animais, preparado por artesãos, quer por decência e comodidade, quer para se precaver contra o rigor das estações.

Ele deu várias voltas em torno de mim. Em seguida, disse com gravidade que eu era evidentemente um yahoo e que não diferia de todos os da minha espécie senão por ter a carne menos dura e mais branca, com uma pele mais macia; que não tinha pelo na maior parte do corpo; que tinha garras mais curtas e um pouco diferentes, e que afetava andar apenas com as patas traseiras. Pedi para ele guardar o meu segredo, com relação ao meu vestuário, ao menos enquanto não tivesse necessidade de mudá-lo e que, com respeito ao seu lacaio alazão, sua honra lhe ordenasse que não desse palavra sobre o que vira.

Prometeu guardar silêncio e o caso permaneceu secreto, até que minha roupa ficasse imprestável, e eu precisasse procurar com que me vestir, como contarei mais tarde. Ao mesmo tempo, me aconselhou a que me aperfeiçoasse ainda na língua, porque ficara muito mais admirado de me ouvir falar e raciocinar, e que tinha uma extrema vontade de saber de mim as coisas admiráveis que eu tinha prometido explicar-lhe. Desde então, teve mais empenho em me ensinar. Ia com ele sempre que saía e fazia com que eu fosse tratado com bondade em toda parte, a fim de estar sempre de boa disposição (como me disse em particular) e de me tornar mais agradável e mais alegre.

Todos os dias, quando estava com ele, além do trabalho que tinha em me ensinar a língua, dirigia mil perguntas a meu respeito, às quais respondia o melhor que era possível: disse que vinha de um país muito afastado, como já tinha tentado o fazer compreender, acompanhado de quase cinquenta semelhantes; que num navio, isto é, uma construção feita de pranchas, tínhamos atravessado o mar. Descrevi a forma desse navio o melhor que pude e, tendo desdobrado o lenço, o fiz compreender como o vento, que inchava as velas, nos fazia viajar. Contei que, por ocasião de uma discussão levantada entre nós, tinha sido desembarcado na costa da ilha em que atualmente estava; que ficara, a princípio, muito embaraçado, não sabendo onde estava, até que sua honra tivera a bondade de me livrar da perseguição dos yahoos.

Perguntou-me, então, quem tinha construído o tal navio, e como os houyhnhnms do meu país o haviam confiado ao governo de animais irracionais. Retorqui que era impossível responder à sua pergunta e continuar a minha narrativa se não me desse a sua palavra e se não me prometesse sobre a sua honra que não se ofenderia com tudo o que lhe dissesse; que, sob essa única condição, prosseguiria a minha narrativa e lhe exporia com sinceridade as maravilhosas coisas que lhe prometera contar.

Me garantiu, positivamente, que não se ofenderia com coisa alguma. Então, eu lhe disse que o navio fora construído por criaturas parecidas comigo e que, no meu país e em todas as partes do mundo por onde viajava, eram os únicos animais senhores e denominados racionais; que, ao chegar àquela região, eu ficara extremamente surpreso por ver os houyhnhnms procederem como pessoas dotadas de raciocínio, do mesmo modo que ele e os seus amigos estavam muito admirados de encontrar provas desse raciocínio numa criatura como eu, que de fato se parecia com os yahoos na sua forma exterior, mas não nas suas qualidades de alma. Acrescentei que, se algum dia o céu permitisse que eu voltasse ao meu país e publicasse sobre minhas viagens, em especial sobre a minha permanência entre os houyhnhnms, todo mundo acreditaria que eu estaria dizendo uma coisa que não era verdade e aquela era uma história fabulosa e impertinente que eu tinha inventado; em suma, disse que, apesar de todo o respeito que ele merecia, e toda a sua honrada família, e todos os seus amigos, no meu país ninguém acreditaria que um houyhnhnm fosse um animal racional e que um yahoo fosse, um animal irracional.

27

Enquanto conversávamos, meu amigo parecia inquieto, embaraçado e fora de si. Duvidar e não acreditar o que se ouve dizer é, para os houyhnhnms, algo a que não estão habituados. Me recordo até de que, conversando algumas vezes com meu amigo a respeito das propriedades da natureza humana, tal como existe nas outras partes do mundo, quando houve ocasião para lhe falar da mentira e do engano, foi difícil para ele entender o que eu queria dizer, porque raciocinava assim: o uso da palavra nos foi dado para comunicar uns aos outros o que pensamos e para saber o que ignoramos. Ora, se alguém diz a coisa que não é, não se procede conforme a intenção da natureza; se faz um abusivo uso da palavra, fala-se e não se fala. Falar não é fazer compreender o que se pensa?

— Ora, quando o senhor faz o que se chama mentir, me faz compreender o que não se pensa: em vez de me dizer o que é, não fala, só abre a boca para articular sons vãos, não me tira da ignorância, a aumenta.

Tal é a ideia que os houyhnhnms têm sobre mentir, que nós, homens, possuímos num grau tão perfeito e tão eminente.

Para voltar à conversa particular, quando garanti à Sua Honra que os yahoos eram, no meu país, os animais senhores e dominadores (o que ele admirou), me perguntou se tínhamos houyhnhnms e qual era o seu trabalho. Respondi que tínhamos em grande quantidade; que, no verão, pastavam nas campinas e que, durante o inverno, ficavam em suas casas, onde tinham yahoos para os servir, pentear a crina, escovar e esfregar a pele, lavar os pés e dar de comer.

— Compreendo — retorquiu ele —, isto é, que, embora os yahoos se gabem de possuir algum raciocínio, os houyhnhnms são sempre os chefes, como aqui. Prouvesse aos céus apenas que os nossos yahoos fossem tão submissos e tão bons criados como os do seu país! Mas prossiga, por favor.

Pedi que me dispensasse de falar mais sobre o assunto, porque não podia, segundo as regras da prudência, da decência e da delicadeza, explicar-lhe o resto.

— Quero saber tudo — reforçou. — Continue e não receie me desgostar.

— Pois bem! — disse eu. — Visto que é o quer, vou obedecer. Os houyhnhnms, a que nós damos o nome de cavalos, são, entre nós, os mais belos e majestosos animais, igualmente vigorosos e leves para corridas. Quando vivem em casas de pessoas de distinção, passam o tempo viajando, correndo e puxando carruagens, enquanto são novos e se portam bem; mas, assim que começam a envelhecer ou a sofrer das pernas, se desfazem deles logo e vendem-nos aos yahoos, que os empregam em trabalhos rudes. Tal é, no meu país, o fim dos mais belos e dos mais nobres houyhnhnms. Mas nem todos são bem-tratados e felizes, como aqueles que acabo de citar; há os que habitam, nos seus primeiros anos, a casa dos lavradores, carroceiros e outros, onde são obrigados a trabalhar.

Descrevi, então, a nossa maneira de viajar a cavalo e a equipagem de um cavaleiro. Detalhei o melhor possível o freio, a sela, as esporas, sem esquecer todos os arreios dos cavalos que puxam uma carruagem ou uma carroça. Acrescentei que se aplicava abaixo dos pés de todos os nossos houyhnhnms uma chapa de certa substância muito dura chamada ferro, para lhes conservar o casco e impedi-lo de se partir nos caminhos pedregosos.

Meu amigo pareceu indignado com a maneira pela qual tratamos os houyhnhnms no nosso país. Ele contou que estava muito admirado de que tivéssemos a ousadia e a insolência de subir para a garupa; que, se o mais vigoroso dos yahoos ousasse, alguma vez, tomar essa liberdade com respeito ao menor houyhnhnm entre os seus criados, seria imediatamente atirado ao chão. Respondi que os nossos houyhnhnms eram, em geral, domados e educados dos três para os quatro anos e que, se algum deles fosse insubmisso ou rebelde, o colocavam para puxar carroças e lavrar as terras; que os machos destinados à cavalaria ou a puxar carruagens eram castrados dois anos depois de nascer, para os tornar mais dóceis e mais mansos.

Tive muito trabalho em fazer meu amigo compreender tudo isso e precisei usar de muitos eufemismos para exprimir as minhas ideias, porque a língua dos houyhnhnms não é rica e, como eles têm poucas paixões, têm também poucos vocábulos, porque são as paixões multiplicadas e subutilizadas que formam a riqueza, a variedade e a delicadeza de uma língua.

Impossível se torna descrever a impressão que o discurso causou nele, e a fúria de que foi possuído quando lhe contei a maneira pela qual nós tratamos os houyhnhnms e, particularmente, o nosso costume de castrá-los para torná-los mais dóceis e evitar que procriem. Se havia um país em que os yahoos fossem os únicos animais racionais, era justo que eles fossem os senhores, visto como o raciocínio deve ser superior à força. Mas, examinando a estatura do meu corpo, acrescentou que uma criatura como eu era muito malfeita para poder ser racional ou pelo menos para se servir do raciocínio na maior parte das coisas da vida. Perguntou-me ao mesmo tempo se todos os yahoos do meu país se pareciam comigo. Replicou que existia, de fato, alguma diferença entre os yahoos do pátio e eu; que eu era mais limpo e não tão feio como eles; com relação, porém, a vantagens sólidas, os julgava superiores a mim; que o pouco pelo que tinha era inútil, pois sequer me preservava do frio; que, a respeito dos meus pés dianteiros, não eram precisamente pés, pois que nunca me servia deles para caminhar; que eram fracos e delicados e que a coisa com que eu os cobria de tempos em tempos não era tão resistente nem tão dura como a coisa com que eu tapava os pés traseiros; que eu não andava com segurança, visto que, se um dos pés traseiros escorregasse, eu cairia imediatamente. Continuou, então, a criticar toda a fisionomia do meu corpo, a forma do meu rosto, a posição do meu nariz, a situação dos meus olhos, agarrados à testa, de maneira que não podia olhar nem para a direita nem para a esquerda sem voltar a cabeça. Disse que eu não podia comer sem auxílio dos meus pés dianteiros, que levava à boca, e que era aparentemente por isso que a natureza pusera ali tantas pinturas, a fim de disfarçar esse defeito; que não via que uso pudesse dar a todos esses pequenos membros separados como estavam nas extremidades dos meus pés traseiros; que eram decerto muito fracos para que não se cortassem nas pedras, e que precisava, para remediar isso, de os cobrir com a pele de qualquer outro animal; que o meu corpo despido estava sujeito ao frio, e que, para me precaver dele, era obrigado a cobri-lo com pelos estranhos, isto é, a me vestir e me despir todos os dias, o que era, segundo a sua opinião, a coisa mais aborrecedora do mundo.

— Enfim — acrescentou —, não quero seguir com esse assunto; o deixo livre sobre as respostas que me poderia dar e peço apenas que me conte a história da sua vida e que me descreva o país em que nasceu.

Respondi que estava disposto a tirar suas dúvidas sobre todos os pontos que lhe interessassem a curiosidade; mas receei que não conseguisse explicar com clareza a respeito do que ele não conhecia, visto que eu não achei nada parecido no seu país; que, contudo, faria o que pudesse para tentar explicar por semelhanças e metáforas, pedindo que me desculpasse se utilizasse os termos próprios.

Expliquei que eu era filho de pais honestos, que nascera numa ilha chamada Inglaterra, que ficava tão afastada que o mais poderoso dos houyhnhnms mal poderia fazer a viagem durante o curso anual do sol; que, a princípio, era cirurgião, que é a arte de curar as feridas; que o meu país era governado por uma fêmea, a quem damos o nome de rainha. Contei que, na minha última viagem, fora nomeado capitão do navio, tendo sob as minhas ordens quase cinquenta yahoos; que o nosso navio estivera duas vezes em perigo de naufragar: da primeira vez por uma violenta tempestade e da segunda por ter se chocado contra um rochedo.

Aqui, meu amigo interrompeu-me para me perguntar como eu pude conseguir que estrangeiros de diferentes regiões viessem comigo, com o risco de sofrer os perigos de que eu me salvara e as perdas que me tinham atingido. Respondi que eram todos miseráveis sem eira nem beira e que tinham sido obrigados a deixar o seu país, quer pelo mau caminho que tomavam os seus negócios, quer pela má vida que levavam; que a maioria era constituída por traidores.

Durante o discurso, ele me interrompeu várias vezes. Tive que usar muitos recursos para lhe dar a ideia de todos os crimes que tinham obrigado os meus tripulantes, na maioria, a deixar o próprio país. Não podia perceber com que intenção tinham esses homens cometido tais ações e o que os havia levado a isso; desse modo, parecia que estava assombrado com a narrativa de uma coisa que nunca vira e de que nunca ouvira falar, que baixa os olhos e não pode exprimir por palavras a sua surpresa e indignação.

O leitor pode observar que o que vai ler é extraído de muitas conversas que tive diversas vezes, durante dois anos, com o houyhnhnm, meu amigo. Ele fazia perguntas e exigia de mim narrativas detalhadas à medida que me adiantava no conhecimento. Revelei o estado de toda a Europa da melhor forma possível, comentei sobre artes, manufaturas, comércio, ciências, e todas as respostas que dava a todas às perguntas foram assunto de uma conversa inesgotável; mas relatarei aqui alguma das conversas que tivemos a respeito da minha pátria, dando a melhor ordem que me for possível. Peço, contudo, ao leitor, que desculpe a minha fraqueza e incapacidade e que leve também em conta a linguagem um pouco defeituosa na qual sou obrigado a me exprimir no atual momento.

Comecei a explicar as iguarias mais esquisitas que comumente aparecem na mesa dos ricos e os diferentes modos com os quais se preparam as carnes; informei que, para temperar as carnes e sobretudo para ter bons licores, armávamos navios e empreendíamos longas e perigosas viagens pelo mar, de maneira que, antes de poder dar uma esplêndida refeição, era preciso mandar muitos navios às quatro partes do mundo.

— O seu país — retorquiu ele — é muito pobre, pois não fornece alimento para os seus habitantes! Nem sequer há água e são obrigados a atravessar mares para encontrar de beber!

Repliquei que a Inglaterra, minha pátria, produzia tanto alimento que era impossível aos habitantes consumi-lo e que, com respeito à bebida, fabricávamos um excelente licor com suco de certos frutos ou com o extrato de alguns cereais; que, numa palavra, nada faltava para as nossas necessidades naturais, mas, para manter o nosso luxo, enviávamos a países estranhos o que tínhamos a mais no nosso e recebíamos dos outros o que não tínhamos.

Acrescentei que o trabalho que tínhamos em ir buscar vinho em países estrangeiros não era por falta de água ou de outro licor bom para a vida, mas porque o vinho era uma bebida que nos tornava alegres; que nos fazia, de algum modo, sair de nós mesmos, que tirava todas as ideias tristes, que enchia a nossa cabeça de mil imaginações loucas, nos deixava corajosos e nos libertava, por algum tempo, do raciocínio.

— É — continuei eu — fornecendo aos ricos todas as coisas de que eles têm necessidade que vive o nosso pequeno povo. Por exemplo, quando estou em minha casa, vestido como devo estar, trago sobre o meu corpo o trabalho de cem operários. Um milhão de mãos contribuiu para construir e mobiliar a minha casa e ainda são precisos cinco ou seis vezes mais para vestir a minha esposa.

Tinha chegado ao ponto de descrever a ele certos yahoos que passam a vida junto dos que estão ameaçados de perdê-la, isto é, os nossos médicos. Dissera que a maior parte dos meus companheiros de viagem tinha morrido de doença; ele, porém, tinha uma ideia muito imperfeita do que eu lhe contara. Sobre o caso, porém, tinha ele opinião bem diferente.

Imaginava que morríamos como todos os outros animais e que não tínhamos outra doença além de fraqueza, a menos que fôssemos feridos por qualquer acidente. Fui, pois, obrigado a explicar a natureza e a causa das nossas outras doenças.

— Para curar todos os males — acrescentei —, temos yahoos que se dedicam ao estudo do corpo humano e que pretendem, com remédios eficazes, curar as nossas doenças, lutar contra a própria natureza e prolongar as nossas vidas.

Como se tratava da minha profissão, expliquei com prazer como era o método dos nossos médicos e todos os mistérios da medicina.

— Em primeiro lugar — continuei —, é preciso supor que todas as doenças vêm de saciedade, por isso, os médicos sensatos concluíram que a evacuação é necessária, seja por baixo, seja por cima. Para isso, fazem uma escolha de ervas, minerais, gomas, óleos, escamas, sais, cascas de árvores, serpentes, sapos, rãs, aranhas, peixes e, com tudo isso, fabricam um licor de um cheiro e gosto horrível e que revolta todos os sentidos.

Certo dia, meu amigo fez um cumprimento que eu não merecia. Como eu lhe falava das pessoas de qualidade da Inglaterra, ele me contou que achava que eu era um nobre, porque era muito mais limpo e mais bem-feito do que todos os yahoos que viviam no seu país, embora eu fosse muito inferior em força e agilidade.

Agradeci humildemente a opinião que formava a meu respeito, mas assegurei ao mesmo tempo que a minha ascendência era modesta, pois vinha de uma família honesta, que me havia dado uma boa educação. Disse que a nobreza entre nós nada tinha de comum com a ideia que ele criou; que os nossos nobres eram educados desde a infância no luxo.

O leitor estará, talvez, impressionado com os detalhes que contei, então, da espécie humana e com a sinceridade com que falei a um animal que formava já uma tão má opinião acerca dos yahoos; confesso, porém, ingenuamente, que o caráter dos houyhnhnms e as excelentes qualidades desses virtuosos quadrúpedes tinham feito tamanha impressão sobre o meu espírito que não podia compará-los a nós, humanos, sem desprezar os meus semelhantes. Além disso, meu amigo tinha a inteligência muito penetrante e notava todos os dias na minha pessoa defeitos enormes, os quais eu não percebera e que olhava simplesmente como ligeiras imperfeições. O amor que tinha pela verdade me fez detestar a mentira e tirar todo o disfarce das minhas narrativas.

Quando passei um ano entre os houyhnhnms, senti por eles tanta amizade, respeito e estima que resolvi então nunca mais pensar em voltar ao meu país, mas acabar os meus dias nessa feliz região, aonde o céu me conduziu para me ensinar a cultivar a virtude. Mas o azar, que sempre tinha me perseguido, não permitiu que eu realizasse esse desejo. Seja como for, agora que estou na Inglaterra, me sinto bem contente por não ter dito tudo e haver ocultado aos houyhnhnms três quartos das nossas histórias.

Relatei até aqui o resumo das conversas que tive com meu amigo durante o tempo em que me honrei de estar a seu serviço. Um dia, em que mandou me chamar de madrugada e ordenou que eu me sentasse a uma distância dele (honra que ainda me não havia dado), falou assim:

— Pensei sobre tudo o que havia me dito, a seu respeito ou a respeito do seu país. É certo que se parecem com os yahoos deste país pela estatura exterior e que, para serem perfeitamente iguais a eles, falta força, agilidade e garras mais compridas. Mas, pelo lado dos costumes, a semelhança é completa.

Algumas vezes, pedi para meu amigo me deixar ver os rebanhos dos yahoos da vizinhança, a fim de examinar pessoalmente as maneiras. Solicitei também a um alazão, um dos seus criados fiéis e muito manso, que me acompanhasse, receoso de que me acontecesse algum acidente.

Os yahoos me olharam como um semelhante seu, principalmente depois de me verem com as mangas arregaçadas. Quiseram, então, aproximar-se de mim e começaram a me imitar, se colocando em pé nas patas traseiras, levantando a cabeça e colocando uma das patas no flanco. A minha estatura os fazia soltar gargalhadas.

Como fiquei três anos naquela região, certamente o leitor espera de mim, a exemplo de todos os outros viajantes, que faça uma narrativa ampla dos habitantes desse país, quero dizer, dos houyhnhnms, e que exponha com detalhes os seus usos, costumes, máximas e modos. Vou fazer isso em poucas palavras.

Como os houyhnhnms, que são os senhores e os animais dominantes nessa região, nasceram com uma bondade e nem sequer fazem a ideia do mal com relação a uma criatura racional, a principal máxima é cultivar e aperfeiçoar o seu raciocínio e tomá-lo por guia em todos os seus atos. Tudo o que eles dizem é capaz de convencer, porque não afirmam coisa alguma obscura, duvidosa ou disfarçada pelas reflexões e pelo interesse. Me recordo de que tive muito trabalho em fazer meu amigo compreender o que entendia sobre a palavra *opinião* e como era possível que nós discutíssemos algumas vezes e que raramente fôssemos do mesmo parecer.

Era uma coisa admirável a sã filosofia desse cavalo; Sócrates nunca raciocinou com tanta sensatez. Se seguíssemos essas máximas, haveria certamente, na Europa, menos erros do que agora existem.

Os houyhnhnms se amam reciprocamente, se auxiliam, se amparam e se consolam. Não se invejam, não são ciumentos da felicidade dos vizinhos, não atentam contra a liberdade e a vida dos seus semelhantes: seriam infelizes se algum dia o fizessem; dizem, a exemplo de um antigo:

Nihil caballorum a me alienum puto[8].

Não maldizem uns aos outros, o seu modo de proceder, justo, prudente e moderado, nunca produz lamentações, a dependência é um laço e não uma humilhação, e o poder, sempre submetido às leis da igualdade, é respeitado sem ser temido.

8 Nada desconheço no que diz respeito a cavalos.

Os seus casamentos são mais bem regulados do que os nossos. Os machos escolhem esposas fêmeas equivalentes a eles. Por essa razão, nunca se vê mudança ou revolta nas famílias. Os filhos são o vivo retrato dos pais, as armas e o título de nobreza consistem na conformação, estatura, cor e qualidades, sempre seguem com descendência.

Os houyhnhnms não têm livros, não sabem ler nem escrever e, por isso, toda a sua ciência consiste na tradição. Como esse povo é pacífico, unido, prudente, virtuoso, muito razoável e não tem comércio algum com os povos estrangeiros, são raríssimos os grandes acontecimentos no seu país, e todos os traços da sua história, que merecem ser conhecidos, podem muito bem ser conservados na memória que não a sobrecarregam.

A sua poesia é muitíssimo bela e principalmente harmoniosa. Meu amigo recitava para mim algumas vezes trechos admiráveis dos melhores poemas. Era um encanto!

Quando um houyhnhnm morre, isso não aflige nem alegra ninguém. Os parentes mais próximos e os melhores amigos olham para o seu falecimento com olhos enxutos.

A maior parte dos houyhnhnms vive entre setenta e setenta e cinco anos, e poucos atingem os oitenta. Algumas semanas antes de morrer, pressentem o seu fim e não ficam inquietos. Então recebem as visitas e os cumprimentos dos amigos, que vêm desejar uma feliz viagem.

Não quero me esquecer de registrar aqui que os houyhnhnms não possuem na sua língua termo para exprimir o que é mau, e para isso metáforas das más qualidades dos yahoos; dessa forma, quando querem exprimir a falta de jeito de um criado, a culpa de algum dos filhos, um tempo chuvoso e outras coisas semelhantes, dizem o nome da coisa a que querem se referir, acrescentando apenas o nome de yahoo.

Por exemplo: para manifestar essas coisas, dirão: *hhhm-yahoo; whnaholm--yahoo; inbhmnawhhma-yahoo;* e, para se referir a uma casa mal construída, dirão: *unholmh-umrohlnw-yahoo.*

Fui sempre amigo da ordem e da economia e, em qualquer situação em que estivesse, arranjava sempre um modo de ajustar a minha maneira de viver. Meu amigo, porém, marcara terreno para minha moradia a quase seis passos da casa, e essa moradia, que era uma cabana conforme o uso do país e muito parecida com a dos yahoos, não era agradável nem cômoda. Fui buscar barro e fiz quatro paredes e um piso. Também fiz uma espécie de telhado para cobri-la. Encontrei diversas penas de aves para fazer uma cama macia onde dormisse à vontade. Com a minha faca e o auxílio do alazão, fiz uma cadeira e uma mesa. Quando minha roupa ficou completamente esfarrapada, fui em busca de peles de coelho e de certos animais chamados *nnuhnoh,* que são muito bonitos e quase do mesmo tamanho e cuja pele é coberta de um pelo finíssimo. Com essa pele, arranjei também excelentes meias. Quanto à comida, além da que descrevi acima, apanhava algumas vezes mel dos troncos das árvores e comia-o com o meu pão de aveia.

Desfrutei de uma saúde perfeita e de sossego. Não me via exposto em traição dos amigos nem às invisíveis ciladas ocultas dos inimigos. Não era obrigado a me prevenir contra a fraude. Não receava ter a minha honra menosprezada por acusações absurdas. Naquele país não havia autores para me aborrecerem.

Aquela sociedade me dirigia algumas perguntas, às quais eu tinha a honra de responder. Acompanhava também meu amigo nas suas visitas, mas permanecia sempre em silêncio, a não ser que me interrogassem. Nunca se interrompiam, nunca se chateavam, nunca havia discussões, nunca criavam intrigas.

Quando me lembrava de minha família, dos meus amigos, dos meus compatriotas e de toda a raça humana em geral, representavam todos como verdadeiros yahoos, pelo rosto e pelo caráter, contudo um pouco mais civilizados, com o dom da palavra e um pequeno grau de raciocínio. Quando vi o meu rosto na água pura de um límpido riacho, desviei imediatamente, não podendo suportar a visão de um animal que me parecia tão diferente como de yahoo. Os meus olhos, acostumados à nobre figura dos houyhnhnms, só neles encontrava beleza animal. Tomara um pouco dos seus gestos, jeitos de falar, de suas atitudes, dos seus passos, e hoje, que estou na Inglaterra, os meus amigos me dizem, algumas vezes, que troto como um cavalo. Quando falo ou rio, parece um relincho.

Nessa feliz situação, enquanto eu saboreava as doçuras de um perfeito repouso, em que achava que ficaria tranquilo pelo resto da vida, e sendo o meu estado o mais agradável e digno de inveja, um dia meu amigo mandou me chamar mais cedo do que era costume. Quando me encontrei junto dele, reparei que estava muito sério, com ar inquieto e perturbado, querendo falar e não podendo abrir a boca. Depois de algum tempo de silêncio, ele disse:

— Não sei como começar, meu querido filho, o que tenho a lhe dizer. Ficará ciente de que na última reunião, na ocasião em que foi posto em discussão o caso dos yahoos, um deputado comentou que era indigno e vergonhoso para mim que desse abrigo em minha casa a um yahoo, a quem eu tratava como a um houyhnhnm; que me havia visto conversar com ele e sentir prazer em ouvi-lo, como se fosse um semelhante meu; que era um processo contrário à razão e à natureza e que nunca se ouviu falar de uma coisa semelhante. Sobre esse ponto, concluíram pedindo que eu o juntasse com os outros yahoos, que vão fazê-lo partir para o país de onde veio. A maioria dos membros que o conhece e que o viu em minha casa rejeitou a escolha e protestou que era muito injusto colocá-lo entre os yahoos deste país, em vista de o senhor ter um traço de raciocínio; que, além disso, sendo misturado com os yahoos, o senhor poderia armar uma conspiração, conduzir todos a uma floresta, em seguida liderá-los e se voltar contra os houyhnhnms, para nos destruir. Essa opinião foi aprovada por unanimidade de votos e, enfim, fui obrigado a fazê-lo partir o mais breve possível. Me apresso a lhe dar conta desse resultado e não posso adiá-lo. Aconselho que o senhor se ponha a nado ou então construa um pequeno objeto semelhante àquele que o trouxe a estes lugares e de que me fez descrição e que volte por mar, conforme veio. Todos os criados desta casa e até os dos meus vizinhos irão auxiliá-lo nessa tarefa. Se fosse só por mim, eu o conservaria toda a vida para serviço, porque tem boas inclinações, se corrigir alguns defeitos que possui e também alguns maus costumes, pois tem feito todo o possível para se adequar, tanto quanto a sua miserável natureza permite, com a dos houyhnhnms.

Esse discurso caiu em meus pés como um raio; fiquei logo desanimado e entrei em desespero: e, não podendo resistir à impressão da dor, desmaiei ao lado do meu amigo, que achou que eu tinha morrido.

Quando recuperei um pouco os sentidos, eu disse, com a voz fraca e o ar tristonho, que nunca encontraria no país o que seria necessário para construir um barco; que, se pudesse atravessar os mares e voltar ao meu país por qualquer aventura extraordinária, teria então a infelicidade de me encontrar com os yahoos, com os quais seria obrigado a passar o resto da minha existência e cair, em breve, em todos os seus maus hábitos, mas, dessa forma, aceitava o oferecimento que me fazia dos seus criados para me auxiliar a construir o barco e pedi apenas que tivesse a bondade de me conceder certo prazo de tempo suficiente para me dedicar a uma tarefa tão difícil; que, se algum dia chegasse à Inglaterra, trataria de me tornar útil aos meus compatriotas, traçando para eles o perfil e as virtudes dos ilustres houyhnhnms e os apresentando para todo o gênero humano.

Sua Honra me replicou em poucas palavras e disse que me concedia dois meses para a construção do barco e, ao mesmo tempo, ordenou ao alazão, meu companheiro, que seguisse as minhas instruções, porque dissera a meu amigo que só ele me bastaria, e eu sabia que me era muito afeiçoado.

A primeira coisa que fiz foi ir com ele até a costa onde eu aportara havia muito tempo. Subi em um monte e, estendendo a visão para todos os lados na solidão dos mares, enxerguei para o nordeste uma ilhota. Com a minha luneta, a vi nitidamente e calculei que estivesse afastada vinte e cinco quilômetros. Quanto ao bom alazão, dissera apenas que era uma nuvem. Como nunca vira outra terra além daquela em que nascera, não tinha visão capaz para distinguir no mar objetos afastados, como eu, que passara a vida sobre esse elemento. Foi para essa ilha que, a princípio, resolvi me dirigir quando o meu barco estivesse pronto.

Voltei a casa com o meu companheiro e, depois de termos conversado um pouco, fomos a uma floresta, que estava um tanto longe, onde eu, com uma faca, e ele, com uma pedra cortante, encabadas com muita perfeição, cortamos a madeira necessária para o trabalho. Não vou chatear o leitor com os pormenores da minha tarefa, basta dizer que, dentro de seis semanas, fizemos uma espécie de canoa, à maneira dos índios, mas muito mais larga, costurada com fios de linho. Produzi uma vela com peles idênticas, me forneci de quatro remos, fiz alguns mantimentos com uma porção de carne cozida, de coelhos e aves, e peguei duas vasilhas, uma cheia de água e outra cheia de leite. Fiz a experiência da minha canoa num grande lago e corrigi todos os defeitos que lhe pude notar, tapando todas as aberturas com sebo de yahoo e tentando deixá-la em estado de me levar com a minha pequena carga. Coloquei-a, então, sobre uma pequena carroça, que foi conduzida à margem por yahoos, sob as ordens do alazão e de um outro criado.

Quando tudo estava pronto e chegou o dia da minha partida, me despedi de meu amigo, da sua esposa e de toda a família, com os olhos rasos de lágrimas e o coração dolorido. Sua Honra, fosse por amizade, fosse por curiosidade, quis me ver na canoa e se dirigiu para a costa com muitos amigos da vizinhança. Fui obrigado a esperar mais de uma hora em virtude da maré; então, notando que o vento estava favorável para me levar à ilha, fiz as últimas despedidas ao meu amigo. Me ajoelhei a seus pés para poder beijá-los e ele me deu a honra de levantar o pé dianteiro até a minha boca. Se relato essa circunstância, não é por vaidade; imito todos os viajantes, que não deixam de mencionar todas as honras extraordinárias com que foram recebidos. Fiz uma profunda reverência a toda a sociedade e, entrando na canoa, me afastei da praia.

Comecei essa viagem desafortunada em 15 de fevereiro, no ano de 1715, pelas nove horas da manhã. Mesmo que o vento fosse favorável, só precisei dos remos; considerando que me cansaria rápido e que o vento poderia mudar, me arrisquei a içar a vela e, dessa forma, com a ajuda da maré, naveguei quase por uma hora e meia. Meu amigo, com todos os houyhnhnms da sua companhia, permaneceram na praia até me perder de vista, e ouvi várias vezes o meu amigo alazão gritar: *Hnuy illa nyha majah*, que significa: *Tome cuidado, gentil yahoo.*

Eu tinha o desejo de descobrir, se pudesse, alguma ilhota deserta e desabitada, onde apenas encontrasse algo para me alimentar e me vestir. Tinha medo de voltar à Europa e ser obrigado a viver na sociedade e sob o império dos yahoos. Estava feliz por estar sozinho, sem nenhum soberano para tirar meu sossego.

O leitor deve se recordar quando disse que a tripulação do meu navio se revoltou contra mim e me aprisionou em uma cabine, na qual eu permaneci nessa situação por semanas, sem saber para onde conduziam o meu navio e que, depois disso, haviam me desembarcado sem me dizer onde estava.

Entretanto, pensei que estava a dez graus ao sul do Cabo da Boa Esperança e quase a quarenta e cinco de latitude meridional. Me lembrei de algumas conversas que ouvi no navio sobre o desejo que tinham de se dirigir a Madagascar. Embora isso pudesse ser uma hipótese, tomei coragem para me dirigir para leste, esperando me refrescar ao sudoeste da Nova Holanda e de lá seguir a oeste para algumas das ilhotas que ficam nas proximidades. O vento soprava diretamente para oeste e, pelas seis horas da tarde, calculei que navegara quase noventa quilômetros para esse ponto.

Avistei, então, uma ilhota afastada a mais de sete quilômetros, cheguei bem perto e, em pouco tempo, aportei.

Na verdade, aquilo era um rochedo, com uma pequena baía que as tempestades ali haviam formado. Amarrei a canoa nesse porto e, quando consegui subir em um dos lados do rochedo, descobri a leste uma terra que se estendia de norte a sul. Passei a noite na minha canoa e, no dia seguinte, de madrugada, comecei a remar e com coragem cheguei, às sete horas, a um sítio da Nova Holanda. Isso confirmou-me uma opinião que tinha já há tempo: que os mapas-múndi e as cartas geográficas colocavam esse país menos três graus para leste do que realmente está. Creio ter já, há muitos anos, comentado isso com meu ilustre amigo, o senhor Herman Noll, e ter lhe explicado as minhas razões; mas ele preferiu seguir a multidão dos autores.

Não avistei nenhum habitante no local onde desembarcara e, como não tinha armas, não quis me aventurar nesse país. Na praia, peguei alguns mariscos, mas não me atrevi a cozinhar, com receio de que o fogo fizesse com que eu fosse descoberto pelos habitantes da região. Durante os três dias que fiquei escondido naquele local, só me alimentei de ostras e mariscos, a fim de poupar os meus mantimentos. Felizmente, encontrei um pequeno riacho, cuja água era magnífica.

No quarto dia, decidi dar alguns passos pela região e me deparei com trinta habitantes, numa altura que ficava a uns quinhentos passos de distância. Estavam todos nus, homens, mulheres e crianças, e se aqueciam em volta de uma fogueira. Um deles me viu e fez sinal aos outros. Então, cinco deles se dirigiram até mim. Logo comecei a fugir para a praia, entrei na canoa e remei com toda a força. Os selvagens me seguiram ao longo da praia e arremessaram uma flecha, que me atingiu no joelho esquerdo, onde fez uma pequena ferida, de que ainda tenho cicatriz. Receei que o dardo estivesse envenenado; porém, remei com força e fiquei fora do alcance deles, assim, prontamente comecei a fazer um curativo no joelho conforme pude.

Por mais que eu estivesse perdido, não me atrevi a voltar ao lugar onde fora atacado e, como era obrigado a rumar para o norte, era preciso que remasse sem parar, porque o vento soprava a nordeste. Comecei a olhar para todos os lados, a fim de descobrir alguma coisa; reparei, a nordeste, numa vela que, pouco a pouco, ia crescendo. Não sabia se deveria ou não velejar para ela. Por fim, lembrei o que passei com os yahoos e decidi mudar a direção e remar para o sul, a fim de voltar para o mesmo local onde estava de manhã, preferindo me expor a uma situação de perigo a viver com os yahoos. Aproximei a canoa da praia o máximo possível e me escondi atrás de uma rocha que estava perto do riacho.

O navio alcançou a baía e mandou um bote com tonéis para se fornecer de água. O local era conhecido e visitado muitas vezes pelos viajantes, em virtude daquele riacho. Os marinheiros, ao desembarcar, viram a minha canoa e começaram a examiná-la; sem demora, notaram que o dono não estava muito longe. Quatro deles, bem armados, procuraram por todos os lados e, por fim, me encontraram escondido com a face voltada para o chão por trás da rocha. A princípio, ficaram surpresos com o meu aspecto, minha roupa de peles de coelho, meus sapatos com sola de madeira e minhas meias forradas. Suspeitaram que eu não era daquele país, onde todos os habitantes andavam nus.

Um deles ordenou que eu me levantasse e perguntou-me em língua portuguesa quem eu era. Cumprimentei e, nessa mesma língua, que entendia perfeitamente, respondi que eu era um pobre yahoo expulso do país dos houyhnhnms e pedi para que me deixassem passar. Ficaram admirados de me ouvir falar a sua língua e calcularam, notando que eu era europeu; não sabiam, porém, o que eu queria dizer com as palavras yahoo e houyhnhnm, e começaram a rir da forma como eu falava, similar a um relincho de cavalo.

Percebi que estavam entediados, já na disposição de dar as costas e ir para a canoa, quando puseram as mãos em mim e me obrigaram a falar qual a minha origem, de onde eu vinha e outras perguntas do tipo. Respondi que nasci na Inglaterra, de onde parti havia quase cinco anos e esperava que tivessem a bondade de não me tratar como inimigo, pois não queria fazer mal algum e buscava uma ilha deserta onde pudesse sobreviver sozinho.

Fiquei surpreso ao escutá-los, era como se tivesse ouvido um cão ou uma vaca falar na Inglaterra. Responderam com toda a delicadeza que eu não ficasse preocupado, pois eles tinham certeza de que o capitão poderia me embarcar a bordo e me levar sem custo até Lisboa, de onde eu poderia viajar para a Inglaterra; que eles iriam logo falar com o capitão para informar que tinham me visto e receber suas ordens; mas eu teria que dar minha palavra de que não fosse fugir. Eu disse a eles que ficassem despreocupados comigo, eu iria seguir as ordens que me dessem.

Tinham vontade de saber sobre a minha vida e as minhas aventuras, mas dei poucas informações, e todos concluíram que elas me haviam perturbado a cabeça. Em duas horas, o barco que foi carregar a água doce para o navio voltou com ordem de me conduzir imediatamente a bordo. Mas fiquei aflito, e tiveram que me amarrar, e assim fui conduzido até o camarote do capitão.

O capitão se chamava Pedro de Mendez e era um homem muito generoso. Ele me pediu, em primeiro lugar, que dissesse quem eu era e depois me perguntou se queria comer ou beber. Me garantiu que seria bem tratado e disse coisas tão maravilhosas que fiquei admirado de encontrar tanta bondade num yahoo. Tinha, no entanto, um aspecto sombrio e rígido. Ordenou que me servissem um frango junto com um excelente vinho e, enquanto esperávamos, mandou arranjar uma boa cama em um quarto muito cômodo. Quando fui para lá, não quis me despir e me deitei na cama do jeito que estava.

Depois de almoçar, Dom Pedro conversou comigo e quis saber por que eu estava agoniado. Ao mesmo tempo, me garantiu que faria tudo o que pudesse para que eu me sentisse confortável, falou isso de uma forma tão cativante e convincente que comecei a olhá-lo como um animal um pouco razoável. Contei, em poucas palavras, a história da minha viagem, a revolta da tripulação do navio em que eu era o capitão e a ideia que tiveram de me deixar em um local abandonado; informei que passei três anos com os houyhnhnms, que eram cavalos falantes e animais racionais. O capitão achou que eu estava louco, disse que aquilo tudo era mentira. Relatei que não mentia desde que deixei os yahoos da Europa; que os houyhnhnms não mentiam, nem mesmo as crianças ou os criados.

Depois que o capitão fez algumas perguntas e viu que tudo o que dizia era verdade e que todas as partes da minha história se relacionavam umas com as outras, começou a lembrar que um tempo atrás encontrou um marinheiro holandês que disse a ele que, com mais cinco camaradas, havia desembarcado numa certa ilha ou continente ao sul da Nova Holanda, onde foram pegar mantimentos, e que tinham visto um cavalo com a mesma descrição que eu havia feito a ele e que dava o nome de yahoos.

Nada de interessante aconteceu durante nossa viagem. Para testemunhar ao capitão o quanto estava agradecido pelas suas bondades, eu conversava com ele algumas vezes quando me pedia com insistência. Eu passava, porém, a maior parte do tempo só e isolado no meu camarote e não queria falar com nenhum tripulante. Por conta da minha convivência com os houyhnhnms, eu estava cheio de ideias sublimes e filosóficas.

O capitão se ofereceu para emprestar tudo o que fosse necessário para me vestir dos pés à cabeça; agradeci e vesti uma roupa limpa. Chegamos a Lisboa em 15 de novembro de 1715. Ele me levou para sua casa e deixou que eu ficasse lá durante minha estada na cidade. Pedi para ele me alojar em um quarto afastado, onde não tivesse ninguém. Solicitei também que não comentasse sobre a minha estadia com os houyhnhnms, porque, se alguém soubesse, eu seria importunado com visitas e uma infinidade de curiosos.

O capitão não era casado, só tinha três criados, um dos quais levava as refeições no meu quarto, era educado comigo e sua companhia não me desagradou. Contudo, fui me habituando aos poucos, tanto que, oito dias depois, ele me chamou para acompanhá-lo algumas vezes à rua ou para conversar na porta da casa. Dom Pedro me disse que eu tinha que voltar para o meu país e ir para casa rever meus familiares. Ao mesmo tempo, me avisou que tinha um porto com um navio pronto para partir à Inglaterra e afirmou que forneceria tudo de que eu precisasse para a minha viagem.

Deixei Lisboa em 24 de novembro e embarquei num navio mercante. Dom Pedro me acompanhou até o porto e teve a gentileza de me emprestar vinte libras. Em 5 de dezembro de 1715, levantamos âncora em South Downs, quase às nove horas da manhã, e, às cinco da tarde, cheguei a Redriff e fui direto para casa. Minha esposa e toda a família me receberam surpresos e com muita alegria; como fiquei um tempo longe, pensaram que eu nunca mais voltaria. Com a frieza de um yahoo, abracei e beijei todos.

Quando consegui dinheiro, comprei dois cavalos novos e chamei um cavalariço para construir uma magnífica estrebaria; tempo depois ele se tornou meu amigo. Fiquei encantado quando ele terminou, eu passava quatro horas por dia conversando com os meus cavalos, que me recordavam como eram os houyhnhnms.

No momento em que escrevo este relato, há cinco anos estou de volta da minha última viagem e vivo dentro de casa. No primeiro ano, demorei para me acostumar com a presença de minha mulher e meus filhos todos os dias ao meu lado. As minhas ideias mudaram com o tempo e, hoje, sou um homem comum, embora sempre um pouco introvertido.

Contei ao meu querido leitor uma história completa das minhas viagens durante dezesseis anos e sete meses e, neste relato, busquei ser mais verdadeiro e honesto do que elegante. Talvez compare fábulas e historietas a tudo o que narrei e não irá encontrar algo parecido. Bom, não tenho gênio para ficções e possuo uma imaginação muito fria, relatei tudo com simplicidade.

Nós, viajantes que vamos a países remotos, podemos fazer descrições surpreendentes de quadrúpedes, serpentes, aves e peixes extraordinários e raros. No entanto, a principal finalidade de um viajante que publica o relato das suas viagens deveria ser tornar os homens do seu país melhores e mais ajuizados. Foi isso a que me propus neste trabalho.

De todo o meu coração, desejaria que fosse decretado por lei que, antes de qualquer viajante publicar o relato das próprias viagens, jurasse que tudo o que mandasse imprimir fosse absolutamente verdadeiro. Quando era jovem, li diversos relatos, mas, desde que dei quase a volta ao mundo e vi coisas com os meus próprios olhos, perdi o gosto por essa espécie de literatura; prefiro ler romances. Desconfio de que o leitor pense como eu.

Os meus amigos acharam que o relato que escrevi das minhas viagens tinha um certo ar de verdade e que agradaria ao público; aceitei os conselhos e concordei em publicar. Já passei muita vergonha na vida, mas nunca tive tendência para mentir. Sei que não há muito reconhecimento em publicar narrações de viagens, que isso não demanda talento ou ciência e que basta possuir uma boa memória ou ter um diário exato. Escrevo, então, para a utilidade do público.

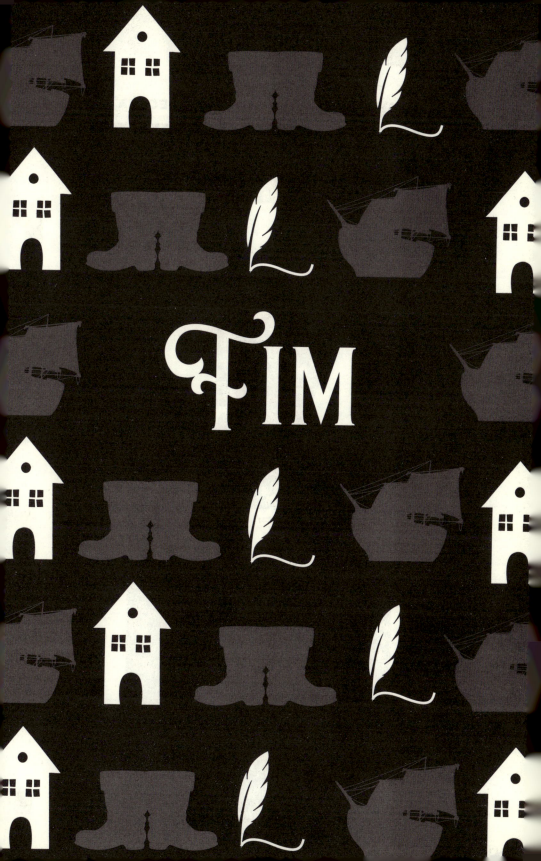

ASSINE NOSSA NEWSLETTER E RECEBA INFORMAÇÕES DE TODOS OS LANÇAMENTOS

www.faroeditorial.com.br

CAMPANHA

Há um grande número de portadores do vírus HIV e de hepatite que não se trata. Gratuito e sigiloso, fazer o teste de HIV e hepatite é mais rápido do que ler um livro.

FAÇA O TESTE. NÃO FIQUE NA DÚVIDA!

ESTA OBRA FOI IMPRESSA EM FEVEREIRO DE 2023